文言文基本讀本（上冊）

孫文學校◎編著

序：我懂文言文　我光榮

文言文作爲一種書面的文體，它也許和口語有一定的距離，但這也顯示出了許多意義。首先，古代的書寫工具既昂貴又不方便，所以當語言必須著之竹帛時，就一定要精簡，精簡當然就得有取捨，必須準確達意，所以文言文一定是一種精緻的語言。毫無疑問地，精緻當然是文化進步的象徵。

其次，即使不從書寫的方便性來說，任何文化的發展，也都必然讓口語與書面語的差距越來越大。思想總是越來越複雜，書面語經過文字的轉換，會更有餘裕來傳達曲折複雜的思想，所以文言文作爲一種精緻的語言，更重要的是它充分記錄也反映了我們文化發展的軌跡。

再者，語言的形式同時也就是思維的形式，我們只有通過語言的學習，才能完整進入一個文化的整體思維結構之中，所以，文言文也可以說就是我們文化最重要的名片之一，沒有這張名片，我們是不足以把握我國傳統文化的精髓。因此，不管這個書面語已經離我們的口語有多遙遠，學習它也會是我們瞭解傳統文化的必備功課。

更重要的，中華文化能夠成為全世界至今綿延最久的一個完整文化，文言文這個書面語扮演的角色之大，是我們無法想像的。我們知道，每個人的語言都有其風格，而以中國地域之廣、方言之多，要想將之凝聚為一個文化共同體，會有多少困難，這是可以想像的！可是我們看古人，不管他講什麼方言，生在哪個時代，他們所留下的文章，卻完全沒有任何溝通上的隔閡與障礙，這不能不說是一個奇蹟。各位試想，英國的莎士比亞離我們並不遙遠，但是他的劇本今天很多熟悉現代英語的人已經讀不下來了，可是我們今天即使讀先秦時期的文言文，依然沒有什麼大困難，這點難道不是我們文化值得驕傲的地方嗎？

因此，我們應該可以理解，為什麼學習文言文是一件無比重要的事了，這是一把走入傳統文化的鑰匙，一扇尚友古人的視窗，更何況，迄今為止，文言文在很大的領域上，依然是我們這個民族的「活」的語言，我們口語中依然有著太多的成語、套句，都源自於大家耳熟能詳的古文之中。什麼「鞠躬盡瘁，死而後已」、「先天下之憂而憂，後天下之樂而樂」等等，誰能說這不仍然是我們鮮活語言的一部分呢？

基於如上這些原因，所以孫文學校要編輯這樣一部文言文讀本，這不只是為了在這個「去中國化」的狂潮中，為民族文化當個守門員而已，更是希望做文化的中流砥柱，給被一些短視政客糟蹋的下一代，一個能夠接軌文化傳統，與精緻我們語言水準的機會。本書所選的文章，大致都是上個世紀後半葉，臺灣還在推行中華文化復興運動時，初、高中國文課本中所選的文章，也是瞭解文言文必讀的六十篇。很不幸的，這其中大多數篇章，都已經是現在年輕世代不曾讀過的了。我們希望這樣一套讀本，既可讓我們這一輩人再度重溫一下年輕時曾經讀過、背過的文章，也可以讓年輕世代瞭解父母親們曾經經歷的語言訓練，並讓我們都能在這些篇章的引導下，重新走回讓我們安身立命的文化傳統。

當然，文言文並不是沒有缺點，作爲一種語言，它的功能的確是有侷限性，我們也並不想誇張文言文的作用。對照於這個時代，我們會發現文言文在表達邏輯的、知識性的內容時，它仍受到限制。傳統文言文很不擅長推理的進行，這個問題也的確限制了我們接受西方文化的能力。如何改造我們的語言，讓我們可以順利地吸取人家的長處，這當然是另一個課題，但是這並不影響我們對文言文的學習，只要我們能夠清楚認知這一點就好。

總之，《文言文基本讀本》上、下兩冊，是我們孫文學校對這個黃鐘毀棄，瓦釜雷鳴時代的一個反省與補救，我們以前常用「不絕如縷」這個成語來描述文化發展的處境，時代的巨輪總在不停前進，而傳統文化在這個前進的歷程中，也總是會碰到形形色色、不一而足的阻力，但我們相信，中華文化自有一種強韌的生命力，否則它不會歷經五千年，在種種磨難中還歷久彌新。所以我們願意當這樣一個點燈人，也願邀請各位來做下一棒的傳燈人，莊子說：「火傳也，不知其盡也！」這就是我們的使命與期待！

孫文學校總校長
張亞中 謹識

目錄（上冊）

目錄（下冊）

曹劌論戰

左傳

【原文】

十年春①，齊師伐我②，公將戰。曹劌③請見④，其鄉人曰：「肉食者⑤謀之，又何間焉⑥？」劌曰：「肉食者鄙⑦，未能遠謀。」遂入見。

問何以戰？公曰：「衣食所安，弗敢專⑧也，必以分人。」對曰：「小惠未徧，民弗從也。」公曰：「犧牲玉帛，弗敢加也⑨，必以信⑩。」對曰：「小信未孚⑪，神弗福也⑫。」公曰：「小大之獄，雖不能察，必以情⑬。」對曰：「忠之屬也⑭，可以一戰。戰則請從⑮。」

公與之乘⑯，戰於長勺⑰。公將鼓之⑱，劌曰：「未可。」齊人三鼓，劌曰：「可矣。」齊師敗績⑲，公將馳⑳之，劌曰：「未可。」下視其轍㉑，登軾㉒而望之，劌曰：「可矣。」遂逐齊師。

既克㉓，公問其故，對曰：「夫戰，勇氣也。一鼓作氣，再而衰，三而竭㉔。彼竭我盈㉕，故克之。夫大國難測也，懼有伏㉖焉，吾視其轍亂，望其旗靡㉗，故逐之。」

【註釋】

①**十年春**：指魯莊公十年春。《左傳》分公編年，故年上省去「莊公」二字。《春秋經》云：「十年春王正月，公敗齊師于長勺。」是十年春正月之事也。

②**齊師伐我**：謂齊軍伐魯也。《左傳》編年記事皆以魯國為中心，故稱魯為我。齊桓公怨莊公助其兄公子糾與己爭位，出兵攻魯。

③**曹劌**：《戰國策》、《史記》皆作曹沫，魯之處士。劌，音同「貴」。

④**請見**：求見，往謁也。

⑤**肉食者**：指官吏。杜預《左傳》注云：「肉食，在位者。」孔穎達疏云：「孟子論庶人云：七十者可以食肉，是賤人不得食肉，故云在位者也。」

⑥**又何間焉**：猶言又何間乎。間，音同「建」，參與也。

⑦**鄙**：淺陋也。

⑧**專**：謂獨有或獨享。

⑨**犧牲玉帛，弗敢加也**：犧牲，牛、豕、羊；玉，珪璧之屬；帛，幣帛；皆祭祀鬼神所用之祭品。古

代祭品，依禮制各有定數，故不敢僭越增加。

⑩**必以信**：祭必以誠信之心敬事鬼神也。

⑪**未孚**：孚，信也。未孚，謂未爲神所見信。

⑫**神弗福也**：言神不加以福祐。

⑬**小大之獄，雖不能察，必以情**：獄，訟案也。察，明察也。情，實也。言無論大小訟案，雖不能明察秋毫，但一定要求得實情。

⑭**忠之屬也**：言治獄以情，乃忠於國事之一種行爲。

⑮**請從**：請隨行也。

⑯**公與之乘**：公與曹劌同車也。

⑰**長勺**：魯地名。《路史》：「成王以商民六族賜魯公，有長勺氏、尾勺氏。」長勺蓋商民所居地，今地不詳。

⑱**鼓之**：擊鼓也。古代進兵則擊鼓。

⑲**敗績**：戰敗崩潰也。

⑳**馳**：追逐也。

㉑**轍**：車輪輾地之軌跡。

㉒**登軾**：軾，車前橫木。登軾，可遠望。

㉓**克**：勝利也。

㉔**竭**：盡也，言氣勢已竭。

㉕**盈**：滿也，言氣勢充沛。
㉖**伏**：伏兵也。
㉗**視其轍亂，望其旗靡**：轍亂，車行軌轍縱橫雜亂；旗靡，旌旗披靡傾倒；皆兵敗潰退逃亡之狀。

【作者】

《左傳》，《春秋》三傳之一，亦名《左氏春秋》，相傳春秋時魯國太史左丘明撰。左氏生平事蹟，多不可考。《史記》〈十二諸侯年表序〉：「魯君子左丘明，因孔子史記，具論其語，成《左氏春秋》。」蓋孔子作《春秋》，多所褒諱貶損，丘明論輯本事而爲之傳，明夫子不以空言說經也。其書三十卷，編年紀事，皆以魯史爲中心，起自魯隱公元年，迄於哀公二十七年（西元前七二二—四六八年），凡歷隱、桓、莊、閔、僖、文、宣、成、襄、昭、定、哀十二公，共二百五十五年；旁及同時代周、齊、晉、秦、楚、宋、鄭、衛……等國事。今《十三經注疏》中之《左傳》爲晉杜預注，唐孔穎達疏。

《左傳》敘事詳明，能令百世而下，凡見其本末，有功於《春秋》者良多。而腴辭美句，跌宕不群，運筆傳神，縱橫自得，雖漢之馬、班，唐之韓、柳，皆受其沾溉也。

【題解】

本篇選自《左傳》莊公十年，記曹劌與莊公論戰，擊敗齊師之事。曹劌臨戰之明智勇決，雖爲取勝之道；然其作戰之憑藉，乃在盡心民事，故知政治爲軍事之根本，民心乃士氣之源泉；政治不修明於平日，則軍事難取勝於臨時，治國者不可不加之意也。

【翻譯】

魯莊公十年的春天，齊國軍隊攻打魯國，魯莊公將要迎戰。曹劌請求莊公接見。他的同鄉說：「當權者會謀劃這件事的，你又爲什麼要參與呢？」曹劌說：「當權者淺陋無知，不能深謀遠慮。」於是進入宮廷去見莊公。

曹劌問莊公：「您憑藉什麼跟齊國打仗？」莊公說：「衣食這類養生的東西，我不敢獨自享受，一定把它分給別人。」曹劌回答：「這種小恩小惠不遍及百姓，老百姓是不會聽從您的。」莊公說：「祭祀用的豬、牛、羊，玉器和絲織品，我從來不敢僭越增加，一定以誠心祭祀鬼神。」曹劌回答：「小的信用，不能被信任，神是不會保佑您的。」莊公說：「大大小小的訴訟案件，即使不能一一明察，一定會按照實情處理。」

曹劌說：「這是一種忠於國事的行爲，可以憑藉這一點去打仗。如果作戰，就請允許我跟從。」

魯莊公和曹劌同坐一輛戰車。在長勺和齊軍作戰。莊公將要擊鼓進軍，曹劌說：「不可以。」等到齊國的軍隊三次擊鼓進軍後，曹劌說：「可以了。」於是齊軍大敗。莊公將要下令追擊，曹劌說：「不可以。」曹劌從車馬上下來查看齊國軍隊車輪輾出的痕跡，登上車馬扶著車前的橫木眺望齊國軍隊，說：「可以了。」於是追擊齊國軍隊。

已經戰勝後，魯莊公詢問其中的原因。曹劌回答：「作戰靠的是勇氣。第一次擊鼓能夠振作士兵們的勇氣，第二次（擊鼓）勇氣就衰弱了，第三次（擊鼓）勇氣（就）竭盡了。敵方的勇氣竭盡，而我方的勇氣正旺盛，所以戰勝了齊國軍隊。齊國這樣的大國是難以預測的，我擔心有埋伏在那裏；我看見他們的車輪輾出的痕跡混亂，看見他們的軍旗倒下了，所以下令追擊他們。」

燭之武退秦師

左傳

【原文】

晉侯①、秦伯②圍鄭，以其無禮於晉③，且貳於楚④也。晉軍函陵⑤，秦軍氾南⑥。

佚之狐⑦言於鄭伯⑧曰：「國危矣！若使燭之武⑨見秦君，師必退。」公從之。辭曰：「臣之壯也，猶不如人；今老矣，無能爲也已。」公曰：「吾不能早用子，今急而求子，是寡人之過也。然鄭亡，子亦有不利焉！」許之。夜縋⑩而出。

見秦伯曰：「秦、晉圍鄭，鄭既知亡矣！若亡鄭而有益於君，敢以煩執事⑪。越國以鄙遠⑫，君知其難也。焉用亡鄭以陪鄰⑬？鄰之厚，君之薄也。若舍鄭以爲東道主⑭，行李⑮之往來，共其乏困⑯，君亦無所害。且君嘗爲晉君賜⑰矣！許君焦、瑕⑱，朝濟而夕設版⑲焉！君之所知也。夫晉，何厭⑳之有？既東封鄭㉑，又欲肆其西封。若不闕㉒秦，將焉取之？闕秦以利晉，唯君圖之。」

秦伯說㉓，與鄭人盟，使杞子、逢孫、楊孫戍之㉔，乃還。

子犯㉕請擊之，公曰：「不可。微夫人之力不及此㉖。因人之力而敝㉗之，不仁；失其所與㉘，不知㉙；以亂易整㉚，不武。吾其還也。」亦去之。

【註釋】

①**晉候**：即晉文公，名重耳，春秋五霸之一。晉獻公寵驪姬，驪姬欲立其子奚齊，以計陷世子申生，申生自殺。公子重耳懼禍，流亡在外十九年，得秦穆公之助，乃得返國嗣位，是爲文公。

②**秦伯**：秦穆公，名任好，亦春秋五霸之一。

③**無禮於晉**：重耳出亡時過鄭，鄭文公不禮之。見《左傳》僖公二十三年。

④**貳於楚**：謂鄭伯私近於楚。貳，二心。指《左傳》僖公二十八年，晉、楚城濮之戰，鄭文公曾以軍隊援助楚國，準備與晉國作戰之事。

⑤**函陵**：在今河南省新鄭縣北十三里。

⑥**氾南**：氾，音同「犯」，水名，此指東氾水，在今河南省中牟縣南，惟早已湮涸（音同「因河」）。

⑦**佚之狐**：鄭大夫。

⑧**鄭伯**：鄭文公，名捷。

⑨**燭之武**：鄭大夫。
⑩**縋**：音同「墜」，以繩繫物，垂之而下。
⑪**執事**：左右服務之人，此實指秦君，不直言秦君而曰執事，所以示敬也。
⑫**越國以鄙遠**：遠隔他國而領有土地。鄙遠，以遠地爲其邊鄙也。秦君得鄭以爲鄙邑，必須越過晉國而有之，是越國以遠地爲鄙邑也。
⑬**陪鄰**：言擴張晉國之疆域。蓋亡鄭，既難以越國而有之，則只爲晉增益土地耳！陪，益也。鄰，指晉國。
⑭**東道主**：東道之主人也。秦有事於諸侯，必須向東行，多須經過鄭國之境，鄭可任招待之責，爲秦東道之主人。
⑮**行李**：李，通理，使人也，亦作行理，即使者。
⑯**共其乏困**：供給所缺乏之物，包括飲食住宿。共，音同「工」，通供。
⑰**為晉君賜**：有恩惠於晉君也。晉獻公卒，立驪姬子奚齊，其臣里克殺奚齊。荀息立卓子，克又殺卓子及荀息。公子夷吾在外，請秦助入晉，穆公使百里奚將兵送之，得立，是爲晉惠公。
⑱**焦瑕**：晉之二邑。焦，在今河南省陝縣南二里。瑕，亦在陝縣南四十里。
⑲**設版**：言築城以備秦。版，謂版築。
⑳**厭**：同饜，滿足。
㉑**東封鄭**：言東向鄭國開拓其封疆。封字作動詞用。
㉒**闕**：損害。

㉓**說**：同悅。
㉔**使杞子、逢孫、楊孫戍之**：反使三子爲鄭戍守。杞子、逢孫、楊孫，並秦大夫。
㉕**子犯**：即狐偃，晉文公之舅。
㉖**微夫人之力不及此**：謂無穆公之力，不能返晉爲君。微，無也。夫，音同「扶」，彼也；夫人，指穆公。及此，謂爲晉君而稱雄也。
㉗**敝**：敗也。
㉘**所與**：謂秦。與，與國。秦、晉爲親善之國。
㉙**知**：同智。
㉚**以亂易整**：猶云以分裂代替團結。晉攻秦爲亂，秦、晉和爲整

【作者】

《左傳》，見本書第4頁〈曹劌論戰〉作者簡介。

【題解】

本文選自《左傳》僖公三十年（西元前六三〇年）。秦、晉圍鄭，佚之狐薦燭之武見秦君以免禍，鄭文公從之。燭之武以文公之言婉切，遂允其請，蓋亦有見危亡迫在目

前，而激起其救國之心也。既見秦君，遂巧其辭令，剖析利害，言鄭亡於秦無益而有害，卒使秦君不但退兵，轉而爲鄭協防，晉軍遂亦不得不去，而鄭之圍以解。恆言弱國無外交，鄭國當時已非強國，燭之武洞悉秦、晉間利害之矛盾，騁其辭辯，遂使秦、晉會師而來，分兵而去，開弱國外交成功之先例，誠可貴也。

【翻譯】

晉文公、秦穆公圍攻鄭國。因爲當年晉文公流亡於鄭時，鄭文公未以禮相待，又對晉懷有二心，親近楚國。因此秦、晉聯手攻鄭，晉軍駐紮在函陵，秦軍駐紮在氾南。鄭國大夫佚之狐對鄭文公說：「鄭國危險了！如能派燭之武去遊說秦穆公，秦軍一定撤退。」

鄭文公聽從他的話，去請燭之武當說客。燭之武推辭說：「我壯年時，尚且不如他人好用；如今老了，更不中用了。」鄭文公說：「我不能及早重用您，現在國事危急才來求您，這實在是我的過錯。但是鄭國滅亡，對您也不利啊。」燭之武答應了。夜裏，用繩子偷偷垂吊出城。

燭之武到氾南見秦穆公說：「秦、晉兩軍圍鄭，鄭國已知無法抵擋一定滅亡。如果亡鄭對秦國有利的話，我就不敢來麻煩您了。但若想越過中間的晉國，把遙遠的鄭國當作邊邑，您一定知道其中的困難。那麼爲什麼要滅掉鄭國，來擴張晉國的疆域呢？鄰國力量雄厚，您就相對薄弱了。如果放過鄭國，讓鄭國在秦向東行時，能盡地主之誼，則鄭國可供應秦國使者飲食、住宿等一應所需，對您也沒有壞處。況且您曾有恩於晉惠公，惠公答應將焦、瑕兩個地方割讓給您，誰知他早上才渡過黃河回晉，晚上就築城防禦秦！這件事，您是知道的。何況晉國哪會知道滿足呢？既然向東拓展了疆界，一定又想拓展西邊的疆界。那時不損害秦國利益，還能到哪裏去取得土地呢？損害秦國以利晉國，一切得失請您好好考慮！」

秦穆公聽了很高興，於是和鄭國結盟，並派秦國三位大夫杞子、逢孫、楊孫戍守在鄭國，自己就回秦國了。

晉國大夫子犯請晉文公截擊秦軍，晉文公說：「不行。當年若無秦穆公的幫助，我無法登上君位。受人幫助卻反過來傷害這個人，這不符合仁道；失去親善的同盟國，這是不智之舉；以分裂取代團結，這不是用武之道。我們還是回去吧！」於是晉國也撤軍。

莊子寓言選

莊子

一、庖丁解牛

【原文】

庖丁爲文惠君解牛①。手之所觸，肩之所倚，足之所履，膝之所踦②，砉然③嚮然，奏刀騞然④，莫不中音⑤：合于桑林之舞⑥，乃中經首之會⑦。

文惠君曰：「嘻，善哉！技蓋至此乎⑧？」

庖丁釋刀對曰：「臣之所好者，道⑨也；進乎技矣⑩。始臣之解牛之時，所見無非全牛者；三年之後，未嘗見全牛也⑪。方今之時，臣以神遇而不以目視⑫，官知止而神欲行⑬。依乎天理⑭，批大郤⑮，導大窾⑯，因其固然⑰，技經肯綮之未嘗⑱，而況大軱⑲乎，良庖歲更刀，割也；族庖⑳月更刀，折㉑也。今臣之刀十九年矣，所解數千牛矣，而刀刃若新發於硎㉒。彼節者有間㉓，而刀刃者無厚㉔；以無厚入有間，恢恢乎其於游刃必有餘地矣㉕！是以十九年而刀刃若新發於硎。雖然，每至於族㉖，吾見其難為，怵然㉗為戒，視為止㉘，行為遲，動刀甚微，謋然㉙已解，如土委地㉚，提刀而立，為之四顧，為之躊躇滿志㉛，善刀㉜而藏之。」

文惠君曰：「善哉！吾聞庖丁之言，得養生焉㉝。」

【註釋】

①**庖丁為文惠君解牛**：庖丁替文惠君宰牛。庖丁，廚師；這裡是擬名，莊子寓言中的人物常因事理而擬人名。文惠君即梁惠王，戰國時魏國君，西元前三六九至前三一九在位。解，宰割。

②**踦**：音同「乙」，抵住。

③**砉然**：形容皮肉相離的聲音。砉，音同「或」。

④**騞然**：形容刀割物的聲音。騞，音同「或」。

⑤**中音**：合乎音樂的節奏。中，音同「仲」。

⑥**桑林之舞**：〈桑林〉舞曲的節奏旋律。〈桑林〉，商湯時樂曲名。

⑦**經首之會**：〈經首〉樂曲的節奏。〈經首〉，唐堯時〈咸池〉樂曲中的一章。會，節奏。

⑧**技蓋至此乎**：技術怎麼達到這個地步了呢？蓋，音同「何」，通「盍」，相當於何、怎麼。

⑨**道**：事物的原理、規律。

⑩**進乎技矣**：超出解牛技術的範圍了。進，超過。

⑪**未嘗見全牛也**：意思是說：技術熟練之後，對牛的組織結構瞭解得十分透澈，以其職業眼光看牛的皮、骨、筋、肌等，彷彿是一些可以任意拆卸的零件。

⑫**以神遇而不以目視**：掌握事物的實質，憑經驗行事。事物有現象有實質，神遇，以精神接觸牛，能掌握其實質；目視，用眼睛看，只看到現象。

⑬**官知止而神欲行**：停止使用感覺器官，靠精神活動來進行工作。官知，指眼、耳等感覺器官。神欲，指精神活動。其實「官知」是「神欲」的基礎，但熟練後則心神活動領導操作。

⑭**天理**：指天然的經絡及肌肉天然紋路。

⑮**批大郤**：用刀切入牛體內筋骨相連處的空隙。批，用刀使物分離。郤，音同「夕」，指骨絡連接處的空隙。

⑯**導大窾**：順著骨骼間的空穴。導，順著。窾，音同「款」，指骨骼間的空穴。

⑰**因其固然**：依照牛體本來的骨肉結構。固然，天然的結構。

⑱**技經肯綮之未嘗**：為「未嘗技經肯綮」的倒裝句。意思是：連枝脈、經絡、粘著骨頭的肉和筋肉聚結處都未碰觸。技，「枝」字之誤，指枝脈。經，經絡。肯，附著骨的肉。綮，音同「慶」，筋肉結聚處。未嘗，未試，未用刀子接觸。

⑲**大軱**：大骨頭。軱，音同「姑」。

⑳**族庖**：技術普通的廚師。族，眾，指一般的。

㉑**折**：用刀砍骨頭。

㉒**硎**：音同「形」，磨刀石。

㉓**彼節者有間**：那些骨節間有空隙。間，音同「建」，空隙。

㉔**無厚**：形容刀刃極薄、極鋒利，幾乎沒有厚度。

㉕**恢恢乎其於游刃必有餘地矣**：寬綽的骨節間讓刀刃游動一定還有餘地。恢恢乎，寬綽的樣子。游刃，運刃，動刀。

㉖**族**：指筋骨肌肉交錯聚結處。

㉗**怵然**：小心謹慎的樣子。

㉘**視為止**：目光集中在那點上。

㉙**謋然**：形容解開聚結在一起的骨肉的聲音。謋，音同「或」。

㉚**如土委地**：像泥土散落地上一樣。委，拋丟。

㉛**躊躇滿志**：形容心滿意足的樣子。躊躇，隨著移動腳步，從容自得的樣子。滿志，滿著、得意。

㉜**善刀**：使刀妥善，引申爲拭刀。

㉝**得養生焉**：從庖丁的解說領悟到養生的道理。

二、濠梁①之辯

【原文】

莊子與惠子遊於濠梁之上。莊子曰：「鯈魚②出游從容，是魚之樂也。」

惠子曰：「子非魚，安知魚之樂？」

莊子曰：「子非我，安知我不知魚之樂？」

惠子曰：「我非子，固不知子矣，子固非魚，子之不知魚之樂全矣③。」

莊子曰：「請循其本④。子曰『女⑤安知魚樂』云者，既已知吾知之而問我，我知之濠上也⑥。」

【註釋】

①**濠梁**：濠水的橋梁。濠，水名，在今安徽省鳳陽縣境內。梁，橋梁。

②**鯈魚**：白魚。鯈，音同「尤」。

③**全矣**：完全正確了。
④**循其本**：追溯說話的緣起。循，追溯。本，起初的話題。
⑤**女**：同「汝」，你。
⑥**既已知吾知之而問我，我知之濠上也**：你既然問我「安知」，是承認了我的「知」，只是問我「如何知」罷了，我告訴你，我是在濠梁上知道魚樂的。

【作者】

莊子名周，字子休，宋國蒙邑（今河南省商邱縣東北）人。其活動時期約在周烈王七年至周赧王二十九年（西元前三六九－前二八六年）之間，曾任蒙之漆園吏，是戰國時道家代表人物。

莊子生於群雄割據、社會動蕩不安的戰國時代，一生貧困，卻不求富貴，《史記》說當時「楚威王聞莊周賢，使使厚幣迎之」以為相，被他拒絕了。其思想以道為本，認為萬物齊一，主張順應自然，反璞歸眞。寓深奧哲理於寓言故事的敘寫中，想像玄妙，說理高超，文筆靈活奔放，跌宕縱橫，譬喻生動，辭采瑰麗。對後世文學影響深遠。著有《莊子》三十三篇。

【題解】

本文選自《莊子》。現存《莊子》是郭象注本，共三十三篇，分〈內篇〉、〈外篇〉、〈雜篇〉三部分，傳統以爲〈內篇〉爲莊子手著，〈外篇〉、〈雜篇〉則非出於一人手筆，雜有莊子弟子的記錄，及其學派後人的傳述，是承繼莊子學說的重要文獻。

《莊子》文章想像豐富，誇張大膽，比喻形象，語言生動活潑，創作了大量寓言故事，在先秦諸子散文中獨樹一幟。本文共選錄寓言兩則，第一則〈庖丁解牛〉是〈內篇．養生主〉中第一個寓言故事，借以說明莊子養生之道與處世哲學。第二則〈濠梁之辯〉節錄自〈外篇．秋水〉，記述莊、惠辯論「知魚之樂」一事，說明人若「返其眞」，即可與天地萬物相通。

【翻譯】

一、庖丁解牛

庖丁爲梁惠王宰割牛隻。分解牛體時手接觸的地方，肩膀倚靠的地方，腳踩踏的地方，膝蓋抵住的地方，都發出皮肉相離的豁豁聲響，進刀時豁豁的割物聲，沒有不合乎音律的：合乎《桑林》舞曲的節奏，又合乎《經首》樂曲的節奏。

梁惠王說：「嘻，妙啊！你解牛的技術怎麼能達到這個地步呢？」

庖丁放下刀回答說：「我所愛好的是事物的原理規律，已經超過一般的技術了。起初我宰牛的時候，看到的沒有不是一隻完整的牛；三年以後，就不曾再看到完整的牛了。現在，我憑精神和牛接觸，而不用眼睛看，感官停止而精神在活動。依照牛體天然的生理結構，切入筋骨相連處的空隙，順著骨骼間的空穴進刀，依照牛體本來的骨肉結構，從不曾碰觸過經絡、粘著骨頭的肉和筋肉聚結處，更何況大骨呢！技術好的廚師一年更換一把刀，因爲用刀割肉；技術一般的廚師一個月就得更換一把刀，因爲用刀砍骨頭。如今，我的刀用了十九年，所宰的牛有幾千頭了，但刀刃鋒利得就像剛在磨刀石上磨好。牛的骨節間有空隙，而刀刃很薄，用很薄的刀刃插入有空隙的骨節間，寬寬綽綽地，刀刃的游動運轉必然是有餘地的啊！因此十九年了，刀刃還像剛從磨刀石上磨好。雖然是這樣，每當碰到筋骨肌肉交錯聚結的地方，我看到那裏很難下刀，就小心謹慎提高警戒，目光集中，動作緩慢，動刀非常輕微，豁啦一聲，聚結的骨肉分解開來，就像泥土散落地上。我提著刀站立，爲此環顧四周，爲此心滿意足，然後把刀擦拭乾淨，收藏起來。」

梁惠王說：「妙啊！我聽了庖丁的這番話，得到養生的道理了。」

二、濠梁之辯

莊子和惠子出遊，來到濠水的橋上。莊子說：「鯈魚在水中悠然自在地游動，這是魚的快樂啊！」

惠子說：「你不是魚，怎麼知道魚兒快樂？」

莊子說：「你不是我，怎麼知道我不知道魚兒快樂？」

惠子說：「我不是你，的確不知道你的想法；但你本來就不是魚，你不知道魚兒是否快樂，這是完全確定的。」

莊子說：「讓我們回到話題的起頭。當你說『你怎麼知道魚兒快樂』這樣的話，是已經肯定我知道魚兒快樂才問我，我是在濠水的橋上知道的啊！」

國殤

屈原

【原文】

操吳戈①兮被犀甲②，車錯轂兮短兵接③；旌蔽日兮敵若雲，矢交墜兮士爭先④。

凌余陣兮躐余行⑤，左驂殪兮右刃傷⑥；霾兩輪兮縶四馬⑦，援玉枹兮擊鳴鼓⑧；天時墜兮威靈怒⑨，嚴殺盡兮棄原壄⑩。

出不入兮往不反⑪，平原忽兮路超遠⑫；帶長劍兮挾秦弓⑬，首身離兮心不懲⑭。

誠既勇兮又以武，終剛強兮不可凌；身既死兮神以靈，子魂魄兮為鬼雄⑮。

【註釋】

①**操吳戈**：手持吳戈。操。持也。戈，平頭戟。吳人善製戈，故云。

②**被犀甲**：身披犀甲。被，通披。犀甲，以犀牛皮所製之甲。犀，音同「西」。

③**車錯轂兮短兵接**：雙方戰車相逼，輪轂交錯，戈矛不便施用，故以刀劍相接擊。錯，交錯。轂，音同「古」，車輪中心之圓木。兵謂兵器，短兵，指刀劍。

④**矢交墜兮士爭先**：謂兩軍相射，流矢交墜，戰士仍奮勇爭先殺敵。先，叶（協）韻讀「旬」。

⑤**凌余陣兮躐余形**：言敵人勢盛，侵犯我陣地，踐踏我行伍。凌，侵犯。躐，音同「列」，踐踏。行，音同「杭」，行伍。

⑥**左驂殪兮右刃傷**：言左驂馬死，右驂馬被刀傷。驂，音同「餐」，古者一車四馬，中二馬謂之服，左右兩旁之馬謂之左驂、右驂。殪，音同「亦」，死也。

⑦**霾兩輪兮縶四馬**：謂車輪陷於泥中，四馬被牽絆不能行動。霾，同埋。縶，音同「直」，繫絆。

⑧**援玉枹兮擊鳴鼓**：手持玉飾鼓槌擊鼓。援，引也。枹，音同「夫」，鼓槌。古時擊鼓進軍。鼓，古讀「軋」。

⑨**天時墜兮威靈怒**：失去天時，神靈發怒。天時墜，言失去天時，不爲天所佑。墜，失落。一本作懟（音同「對」），怨也，義亦通。威靈怒，猶言神鬼怒也。怒，古讀「那」。

⑩**嚴殺盡兮棄原壄**：指戰士全部犧牲，屍骸盡棄原野。嚴殺，猶言壯烈犧牲。壄，古野字，古讀「押」。

⑪**出不入兮往不反**：言戰士一去不復返。反，同返。

⑫**平原忽兮路超遠**：言戰士身棄平原，但覺原野蒼茫，英魂欲歸，而道路遙遠。忽，猶荒忽，空曠無邊。超，遠也。

⑬**秦弓**：秦人善製弓，故云。

⑭**懲**：音同「成」，悔也。
⑮**子魂魄兮為鬼雄**：此歌頌國殤之辭。謂烈士之英魂，爲鬼中之雄傑。子，男子尊美之辭。

【作者】

屈原，名平，字原，戰國楚人，生於楚宣王二十七年（西元前三四三年），約卒於頃襄王二十二年（西元前二七七年），年約六十七。

屈原，姓芈（音同「米」），楚之公族，事楚懷王，爲三閭大夫，王甚任之。上官大夫與之爭寵，乃讒於王，王怒而疏屈原。原忠而被讒，憂愁幽思，乃作〈離騷〉。秦昭王詐誘懷王，會於武關，遂脅與俱歸，竟客死於秦。其子頃襄王立，復用讒言，遷屈原於江南（今湖南洞庭湖、湘、沅流域一帶）。原既被放，作〈九歌〉、〈天問〉、〈九章〉、〈遠遊〉等篇。冀伸己志，以悟君心，而君終不悟；原不忍見其國家危亡，乃投汨（音同「密」）羅江（今湖南省湘陰縣北）而死。

所著〈離騷〉等二十五篇，爲我國最有名之辭賦。東漢王逸取與宋玉、賈誼等之作，合爲一集，加以注釋，名曰《楚辭章句》。

【題解】

本文選自《楚辭》中之《九歌》。昔楚南郢之邑，沅、湘之間，其俗信鬼而好祠，其祠必使巫覡作樂歌舞以娛神，辭頗鄙俚；屈原頗爲更定其辭，是爲《九歌》。《九歌》凡十一篇，除末篇〈禮魂〉外，其餘各篇悉爲祀神之曲。〈國殤〉爲第十篇，弔死於國事者。殤有二義，未成年而死謂之殤，無主之鬼亦謂之殤，此取其後義。爲國犧牲之將士，或則保境衛民，或則開疆拓土，殺敵致果，一往無前，忠魂義魄，宜後人之歌頌不置也。

【翻譯】

手持吳戈啊身穿犀甲，戰車車輪交錯啊刀劍相接擊。

旌旗蔽日啊敵寇蜂擁如雲，飛箭交相墜落啊戰士奮勇向前。

敵寇侵犯我陣地啊踐踏我行伍，這輛戰車的左驂馬死了啊右驂馬被刀傷。

那輛戰車的車輪陷於泥中啊絆住四匹馬，拿起玉飾鼓槌啊仍要擊響戰鼓前進。

我們失去天時啊神靈發怒，戰士全部犧牲啊屍骸散棄原野。

一出征啊就不復返，原野蒼茫啊路途遙遠，英魂難歸。
死時仍帶著長劍啊挾著秦弓，即使身首異處啊內心也不悔恨。
實在是英勇無畏啊又有武藝，始終剛強啊不可凌犯。
身已死亡啊精神永靈明，你們的魂魄啊是鬼中的雄傑。

卜居

屈原

【原文】

屈原既放，三年，不得復見。竭知①盡忠，而蔽鄣於讒②。心煩慮亂，不知所從。乃往見太卜鄭詹尹③曰：「余有所疑，願因先生決之。」詹尹乃端策拂龜④曰：「君將何以教之？」

屈原曰：「吾寧悃悃款款⑤朴⑥以忠乎？將送往勞來⑦，斯無窮乎？寧誅鋤草茅，以力耕乎？將遊大人⑧，以成名乎？寧正言不諱，以危身乎？將從俗富貴，以媮生⑨乎？寧超然高舉，以保眞乎？將哫訾栗斯⑩，喔咿儒兒⑪，以事婦人⑫乎？寧廉潔正直，以自清乎？將突梯滑稽⑬，如脂如韋⑭，以絜楹⑮乎？寧昂昂若千里之駒⑯乎？，將氾氾⑰若水中之鳧⑱，與波上下，媮以全吾軀乎？寧與騏驥亢軛⑲乎？將隨駑馬之迹乎？寧與黃鵠⑳比翼乎？將與雞鶩㉑爭食乎？此孰吉孰兇？何去何從？——世溷㉒濁而不清：蟬翼爲重，千鈞㉓爲輕；黃鐘㉔譭棄，瓦釜雷鳴㉕；讒人高張㉖，賢士無名。吁嗟默默兮，誰知吾之廉貞！」

詹尹乃釋策而謝㉗曰：「夫尺有所短，寸有所長㉘；物有所不足，智有所不明；數有所不逮，神有所不通。用君之心，行君之意。龜策誠不能知此事。」

【註釋】

①**知**：同智。

②**蔽鄣於讒**：鄣，同障，遮蔽也。言爲讒人所蔽障也。

③**太卜鄭詹尹**：太卜，掌卜之官。鄭詹尹，太卜姓名。

④**端策拂龜**：端，正也。策，蓍草莖也；正之將以筮。龜，龜甲也；拂之將以卜。

⑤**悃悃款款**：誠懇貌。悃，音同「捆」。

⑥**朴**：質樸。

⑦**送往勞來**：勞，音同「烙」，慰勞也。謂周旋酬應，巧於媚世也。

⑧**遊大人**：大人，勢要之人。遊，交遊。遊大人，所以干進。

⑨**婾生**：婾同偷；婾生，苟且求生也。

⑩**哫訾粟斯**：哫，音同「足」。訾，音同「姿」。哫訾，以言求媚也。粟斯，一作粟㶊，故作小心之

狀。

⑪**喔咿儒兒**：喔咿，音同「喔一」。兒，音同「尼」。喔咿、儒兒，皆囁嚅強笑媚人貌。

⑫**婦人**：朱熹曰：「婦人，蓋謂鄭袖也。」按：鄭袖，楚懷王之寵姬。

⑬**突梯滑稽**：突梯，滑溜貌。滑稽，圓轉貌。滑，音同「古」。

⑭**如脂如韋**：脂，脂肪；韋，熟治之獸皮。皆軟滑之物。

⑮**絜楹**：絜，一作潔。王逸云：「潔楹，順滑澤也。」或云，絜楹合音如「敬」，蓋謂足恭以媚世也。

⑯**昂昂若千里之駒**：言高逸不肯下人也。

⑰**氾氾**：氾，音同「犯」，或作泛。氾氾，浮游無定貌。

⑱**鳧**：音同「伏」，野鴨也。

⑲**騏驥亢軛**：騏驥，駿馬也。亢，舉也；車轅前衡。亢軛，猶云「抗衡」，即並駕之意。

⑳**黃鵠**：大鳥，一舉千里。

㉑**鶩**：音同「木」或「物」，鴨也。

㉒**溷**：音同「混」，濁亂也。

㉓**千鈞**：三十斤為一鈞。千鈞，極言其重也。

㉔**黃鐘**：鐘大而聲宏，其音中黃鐘之律者。

㉕**瓦釜雷鳴**：釜，量名，以瓦為之，其聲本無可取，而眾爭擊之，故聲如雷鳴也。

㉖**高張**：張，音同「丈」，自侈大也。

㉗**謝**：辭也；辭不為之卜也。

㉘**尺有所短，寸有所長**：尺長於寸，而量細物之不滿一尺者，或嫌其過長，是有所短也；反之，寸短於尺，量鉅物時雖覺不便，而量細物時，則反便於尺，是有所長也；言器物之用各有所偏，不能兼備也。

【作者】

屈原，詳見本書第24頁〈國殤〉作者簡介。

【題解】

本篇假設問答，蓋辭賦之一體。屈原含忠履潔，遭遇讒邪，救國之計既窮，乃託之卜問，以明所當自處之道，實則假問答以抒其憤激之情，明其獨往之志。所謂「用君之心，行君之意」，蓋屈原捨生取義之志，已思之熟而計之決矣！

【翻譯】

屈原被頃襄王流放了，三年來一直不能見到君王。他竭盡智慧、盡忠國君，可是楚王依舊被讒言所蒙蔽。他心情煩悶、思慮混亂，不知何去何從。就前往拜見太卜鄭詹尹，說：「我有一些疑惑，希望藉著您的占卜來指示我該怎麼做。」詹尹於是擺正蓍草，把龜殼擦拭乾淨說：「請問您有什麼指教的啊？」

屈原說：「我是寧願誠誠懇懇、樸實忠貞呢？還是不停地迎來送往？是寧可刈除茅草努力耕作呢？還是遊說於達官貴人之中來成就名聲呢？是寧願直言不諱危及自身安全呢？還是貪圖富貴苟且偷生呢？是寧願超然脫俗來保全自己的純眞呢？還是阿諛逢迎、戰戰兢兢，諂媚奉承地巴結婦人呢？是寧願廉潔正直保全自己清白呢？還是圓滑伶俐，像油脂一樣滑，如皮韋一樣柔軟地諂媚阿諛呢？是寧願昂然出衆如同千里馬呢？還是如同一隻普普通通的野鴨子隨波逐流、苟且偷生來保全自己的身軀呢？是寧願和駿馬一起並駕齊驅呢？還是跟隨駑馬的足跡呢？是寧願與天鵝比翼齊飛呢？還是要跟雞鴨爭食呢？這些選擇哪些是吉？哪些是凶？我應該何去何從呢？現實世界渾濁不清，薄薄的蟬翼被認爲重，千鈞卻被認爲輕；黃鐘被毀壞丟棄，卻把瓦鍋敲得像雷鳴般的響聲；讒言獻媚的人身居位高，賢能的人士卻默默無聞。唉！可嘆啊！我悲嘆世人的沉默不語，誰知道我是廉潔忠貞的呢？」

鄭詹尹放下蓍草，辭謝說道：「尺雖長，仍有它不足的地方，寸雖短，仍有它的長處；萬物有時不一定能周全，智慧有時不一定洞察；龜甲蓍草雖然靈驗，也有它算不到的地方，無法通曉的事。用您的眞心，決定您自己的行爲吧。龜甲蓍草實在無法幫您解決您要問的事啊！」

諫逐客書

李斯

【原文】

臣聞吏議逐客，竊以爲過①矣！

昔穆公②求士，西取由余於戎③，東得百里奚於宛④，迎蹇叔於宋⑤，求丕豹、公孫支於晉⑥。此五子者，不產於秦，而穆公用之，并國二十，遂霸西戎⑦。孝公用商鞅之法⑧，移風易俗，民以殷盛，國以富強，百姓樂用，諸侯親服，獲楚魏之師⑨，舉地千里，至今治強。惠王用張儀之計⑩，拔三川之地，西并巴蜀⑪，北收上郡⑫，南取漢中⑬，包九夷，制鄢郢⑭，東據成皋⑮之險，割膏腴之壤⑯，遂散六國之從⑰，使之西面事秦，功施到今。昭王得范雎，廢穰侯，逐華陽⑱，強公室，杜私門⑲，蠶食諸侯，使秦成帝業。此四君者，皆以客之功，由此觀之，客何負於秦哉！向使四君卻客而不內⑳，疏士而不與，是使國無富利之實，而秦無強大之名也。

今陛下致昆山之玉㉑，有隨和之寶㉒，垂明月之珠㉓，服太阿之劍㉔，乘纖離之馬

㉕，建翠鳳之旗㉖，樹靈鼉之鼓㉗：此數寶者，秦不生一焉，而陛下説㉘之，何也？必秦國之所生然後可，則是夜光之璧，不飾朝廷；犀象之器㉙，不爲玩好；鄭衛之女㉚，不充後宮，而駿馬駃騠㉛，不實外廄；江南金錫㉜不爲用；西蜀丹青不爲采㉝。所以飾後宮，充下陳㉞，娛心意，説耳目者，必出於秦然後可，則是宛珠之簪㉟，傅璣之珥㊱，阿縞之衣㊲，錦繡之飾，不進於前；而隨俗雅化㊳，佳冶窈窕㊴，趙女不立於側也。夫擊甕叩缶㊵，彈箏搏髀㊶，而歌呼嗚嗚快耳者，眞秦之聲也；鄭衛桑間㊷，韶虞武象㊸者，異國之樂也。今棄擊甕而就鄭衛，退彈箏而取韶虞，若是者何也？快意當前，適觀㊹而已矣。今取人則不然。不問可否，不論曲直，非秦者去，爲客者逐，然則是所重者在乎色樂珠玉，而所輕者在乎人民也。此非所以跨海內，致諸侯之術也。

臣聞地廣者粟多，國大者人衆，兵強者士勇。是以泰山不讓㊺土壤，故能成其大；河海不擇細流，故能就其深；王者不卻衆庶，故能明其德。是以地無四方，民無異國，四時充美，鬼神降福。此五帝、三王㊻之所以無敵也。今乃棄黔首㊼以資敵國，卻賓客以業諸侯㊽，使天下之士退而不敢西向，裹足㊾不入秦，此所謂藉寇兵而齎盜糧㊿者也。

夫物不產於秦，可寶者多；士不產於秦，而願忠者衆。今逐客以資敵國，損民以益讎，內自虛而外樹怨於諸侯，求國無危，不可得也。

【註釋】

①**過**：錯誤。

②**穆公**：秦穆公（穆或作繆），嬴姓，名任好，成公之弟，為春秋五霸之一。

③**西取由余於戎**：由余，其先本晉人，亡入戎，能晉言，為戎王使秦。穆公與語，賢之，以計間戎王；戎王疑由余，由余遂降秦。事見《史記》〈秦本紀〉。

④**東得百里奚於宛**：百里奚，楚宛（今河南南陽縣）人，仕虞為大夫。晉獻公滅虞，虜百里奚，以為秦穆公夫人媵（陪嫁之臣僕）於秦。奚亡走宛，楚鄙人執之。穆公聞其賢，欲重贖之，恐楚人不與，以五羖（黑色公羊）皮贖之歸。與議國事，大悅，授之國政。事見〈秦本紀〉。

⑤**迎蹇叔於宋**：穆公授百里奚國政，奚讓曰：「臣不及臣友蹇叔。蹇叔賢，而世莫知。」穆公使人厚幣迎蹇叔，以為上大夫。亦見〈秦本紀〉。《正義》：「《括地志》云：蹇叔，岐州（今陝西岐山縣）人，時遊宋，故迎之於宋。」

⑥**求丕豹、公孫支於晉**：「求」，《史記索隱》本作「來」。丕豹，晉人丕鄭之子，晉惠公殺丕鄭，丕豹奔秦。事見《左傳》僖公十年及〈秦本紀〉。公孫支，亦作公孫枝，即秦大夫子桑，勸穆公

輸粟賑晉者，見《左傳》僖公十三年及〈秦本紀〉。按：公孫支本秦大夫，而云求之於晉者，《正義》：「《括地志》云：公孫支，岐州人，遊晉，後歸秦。」

⑦**并國二十，遂霸西戎**：《史記索隱》：「〈秦本紀〉：『穆公用由余謀，伐戎王，益國十二，開地千里，遂霸西戎。』此都言五子之功，故云『并國二十』。」《文選》載此書，「二十」作「三十」。

⑧**孝公用商鞅之法**：秦孝公，名渠梁，獻公子，穆公十五世孫。商鞅，戰國衛人，亦稱衛鞅。少好刑名之學，事魏相公叔痤爲中庶子；痤卒，乃西去秦求見孝公。孝公任爲左庶長，定變法之令。行之十年，秦以富強，以功封於商，稱商鞅。事詳《史記》〈商君列傳〉。

⑨**獲楚魏之師**：《史記》〈楚世家〉：「楚宣王三十年（即秦孝公二十二年），秦封衛鞅於商，南侵楚。」〈秦本紀〉：「孝公十年，衛鞅將兵圍魏安邑，降之。二十二年，衛鞅擊魏，虜魏公子卬。」

⑩**惠王用張儀之計**：惠王，即惠文君，秦孝公之子，名駟，始稱王。張儀，戰國魏人。初與蘇秦俱師鬼谷子，後入秦，惠王用爲相，遊說六國，使背蘇秦之縱約，連橫事秦。秦號之曰武信君。

⑪**拔三川之地西并巴蜀**：《史記索隱》：「按惠王時，張儀爲相，請伐韓，下兵三川，以臨二周；司馬錯請伐蜀，惠王從之，果滅蜀。儀死後，武王欲通車三川，令甘茂拔宜陽。今並云張儀者，以儀爲秦相，雖錯滅蜀，甘茂通三川，皆歸功於相；又三川是儀先請伐故也。」三川，今河南省黃河兩岸之地；秦置郡，治滎陽（在今滎澤縣西南）。以其地有河、洛、伊三川，故名。巴蜀，今四川省地。秦置巴郡，轄今四川省東部地，治江州（今江北縣）。又置蜀郡，轄今四川省中部

地，治成都（今成都市）。

⑫**北收上郡**：〈秦本紀〉：「惠文君十年，張儀相秦，魏納上郡十五縣。」上郡，今陝西省西北部及綏遠省鄂爾多斯旗左翼皆其地，治膚施（在今陝西省綏德縣東南）。

⑬**南取漢中**：〈秦本紀〉：「（惠文君後元）十三年，功楚漢中，取地六百里，置漢中郡。」轄今陝西省南部及湖北省西北部之地，治南鄭（在今陝西省南鄭縣東）。

⑭**包九夷制鄢郢**：張銑曰：「包，兼也。九夷，蠻夷通稱。」《史記索隱》：「九夷，即屬楚之夷也。《地理志》南郡江陵縣云：『故楚郢都。』又宣城縣云：『故鄢也。』」

⑮**成皋**：《史記正義》：「河南汜水縣也。」故治在今河南省成皋縣西北境。

⑯**膏腴之壤**：肥沃之土地。膏，肉之肥者；腴，腹下肥肉；引申有肥沃之意。

⑰**散六國之從**：從，音義與「縱」字通。戰國時，蘇秦以合從之策，遊說齊楚燕趙韓魏六國之君，合而抗秦；張儀爲秦相，用連續之計，使六國合從解體。

⑱**昭王得范雎廢穰侯逐華陽**：昭王，即昭襄王，名稷，惠王子，武王異母弟。昭王母宣太后有二弟：其異父長弟曰穰侯，姓魏氏，名冄，爲相國；同父弟曰羋戎，爲華陽君。范雎（雎，音同「居」，从且从隹，不當從目），魏人，字叔，善口辯。初事魏中大夫須賈，爲相魏齊所笞辱，乃更姓名爲張祿，入秦，說昭王以遠交近攻之策，拜客卿，尋爲相，封應侯。雎曾說昭王，言穰侯權重諸侯，華陽君等佐之，恐終有秦國。昭王乃免穰侯相國，與華陽君等並逐之關外。事詳《史記》〈穰侯傳〉、〈范雎傳〉。

⑲**強公室，杜私門**：公室，猶言王室。杜，塞也。私門，謂權臣之門，即指穰侯華陽之門也。

⑳**向使四君卻客而不內**：向，與「嚮」同，昔也、曩也。卻，拒止也。內，音義同「納」。

㉑**致昆山之玉**：致，招至也。昆山，即昆岡，在于闐國東北四百里，其岡出玉。

㉒**隨和之寶**：隨，漢東之國，姬姓諸侯也。《淮南子》：「隋（與隨通）侯見大蛇傷斷，以藥傅而塗之，後蛇於大江中銜珠以報之，因曰隋侯之珠。」楚人卞和得璞玉於荊山中，以獻厲王，王以爲誑，刖其左足。武王即位，復獻之，又以爲誑，刖其右足。及文王立，乃抱璞泣於荊山之下，王使人問之，曰：「臣非悲刖，寶玉而題之以石，貞士而名之爲誑，所以悲也。」王乃使工理其璞，果得玉焉。事見《韓非子》〈和氏〉及《淮南子》〈覽冥篇〉高誘注。

㉓**明月之珠**：夜光之珠，有似月光，故曰明月。見《淮南子》〈氾論篇〉高誘注。

㉔**服太阿之劍**：服，著衣也，引申作「佩」字解。《越絕書》：「楚王召歐冶子、干將作鐵劍三枚，其二曰太阿。」

㉕**纖離之馬**：纖離，良馬名，出北狄纖犁國。《文選》李善注引孫卿曰：「纖離、蒲梢，皆馬名。」

㉖**翠鳳之旗**：以翠鳥之羽結爲鳳形而飾旗也。

㉗**靈鼉之鼓**：鼉，音同「駝」，動物名，四足背尾有鱗甲，似短吻鱷，其皮堅，可以張鼓。《史記集解》引鄭玄《禮記》注曰：「鼉皮可以冒鼓。」古以鼉爲神異，故曰靈鼉。

㉘**說**：音同「月」，同悅。下「說耳目」之「說」亦然。

㉙**犀象之器**：指用犀牛角、象牙所作之珍玩。

㉚**鄭衛之女**：春秋戰國時，鄭衛風俗淫靡，故稱女子之美豔者爲鄭衛之女。此泛指外國美女，下「趙女」亦然。

㉛**駃騠**：駃，音同「決」；騠，音同「提」。駃騠，良馬名，出北狄。《索隱》：「《周書》曰：『正北以駃騠爲獻。』《廣雅》曰：『馬屬也。』郭景純注〈上林賦〉云：『生三日而超其母。』」

㉜**江南金錫**：《史記》〈貨殖列傳〉：「江南出枏梓薑桂金錫。」

㉝**西蜀丹青不為采**：丹，朱砂；青，空青；皆礦物，產西蜀，可入藥，又爲顏料。采，彩之本字，謂彩繪。

㉞**下陳**：《文選》李善注：「下陳，猶後列也。」指侍妾。

㉟**宛珠之簪**：《文選》李善注：「言以宛珠飾簪。」《索隱》：「宛者，謂以珠宛轉而裝其簪。」

㊱**傅璣之珥**：《文選》李善注：「以璣傅耳也。」《索隱》：「傅者，謂以璣附著於珥。珥者，瑱（以玉充耳）也。璣是珠之不圓者。」

㊲**阿縞之衣**：王念孫《讀書雜志》：「阿縞之衣與錦繡之飾相對爲文，阿爲細繒之名，阿或作絅。《廣雅》曰：『絅，練也。』」縞，白色生絹。《集解》引徐廣，以爲阿乃齊之東阿縣，繒帛所出。

㊳**隨俗雅化**：《文選》李善注：「謂閑雅變化而能隨俗也。」

㊴**佳冶窈窕**：佳冶，艷麗貌。窈，音同「咬」；窕，音同挑戰的「挑」。《詩經》〈周南・關雎〉：「窈窕淑女。」《毛傳》：「窈窕，幽閒也。」陳奐詩《毛氏傳疏》：「窈，言婦德幽靜；窕，言婦容閒雅。」

㊵**擊甕叩缶**：《文選》李善注：「《說文》曰：甕，汲瓶也。缶，瓦器，秦人鼓之以節樂。」

㊶**彈箏搏髀**：箏，樂器。古箏五絃，秦蒙恬改爲十二絃，唐以後爲十三絃。髀，音同「必」，股骨也。搏髀，拍股爲節也。

㊷**鄭衛桑間**：《禮記》〈樂記〉：「鄭衛之音，亂世之音也。桑間、濮上之音，亡國之音也。」桑間、濮上，亦衛國地名。

㊸**韶虞武象**：〈韶虞〉，舜樂。〈武象〉，周武王之樂。《文選》李善注：「《樂動聲儀》曰：舜樂曰〈簫韶〉。又曰：周樂伐時曰〈武象〉。宋均曰：〈武象〉，象伐時用干戈也。徐廣曰：韶一作昭。」

㊹**適觀**：合乎心意觀賞。

㊺**讓**：辭讓，有拒卻之意。

㊻**五帝三王**：五帝有數說，依《史記》爲黃帝、顓頊、帝嚳、唐堯、虞舜。三王，爲夏、商、周三代開國之君，即禹、湯、文武是也。

㊼**黔首**：《史記》〈秦始皇本紀〉：「更名民曰黔首。」《說文》：「黔，黎也。秦謂民爲黔首，謂黑色。周謂之黎民。」

㊽**卻賓客以業諸侯**：謂拒卻賓客而不用，使彼等往事他國諸侯也。業，事也，此處作動詞用。

㊾**裹足**：裹足，將登途也。裹足不入秦，謂雖裹足而不敢入秦也。今因解作止足不前之意。

㊿**藉寇兵而齎盜糧**：藉，借也。兵，兵器。齎，音同「肌」，持送也。意謂以兵器借與敵寇，而以糧送與盜賊也。

【作者】

李斯，戰國楚上蔡人。從荀卿學帝王之術；學既成，西入秦，欲說秦王。會莊襄王卒，乃求爲秦相呂不韋舍人；不韋賢之，任以爲郎。斯因得以說秦王，陳并六國之策，秦王政拜斯爲客卿。始皇帝既定天下，斯爲丞相，廢封建，行郡縣，下禁書令，變籀文爲小篆，法令多出其手。始皇三十七年出遊，崩於沙丘，斯與宦者趙高矯詔廢太子扶蘇。二世立，仍爲相，後爲趙高所構，誣斯子由與盜通，下獄並收補其宗族賓客。二年（西元前二〇八年）七月，腰斬咸陽市，夷及三族。有〈倉頡篇〉及刻石等文傳世。

【題解】

本篇選自《史記》〈李斯列傳〉。秦王政十年，李斯爲客卿，適韓人鄭國來間秦，說秦作渠灌田，欲以疲秦，毋令東伐。事覺，秦宗室大臣皆言於秦王曰：「諸侯人來事秦者，大抵爲其主游間於秦耳，請一切逐客。」李斯亦在逐中。斯乃上此書以諫，秦王悟，復李斯官，并除逐客之令。文凡四段：首段言穆公、孝公、惠王、昭王四君皆以客之功，而致富強，以明用客卿之利。次段言秦王之珍寶玩好，皆出異國；獨於用人，則非秦者去,爲客者逐,是豈君臨天下之術?三段言五帝三王所以無敵,在能不卻衆庶,以反形逐客之害。末段總言逐客之非計。通篇以客觀利害反復申論,純就秦國王室著想,無一乞憐語,故其言易入。

【翻譯】

臣聽說宗室大臣建議驅逐賓客,臣私下以爲這是錯誤的。

從前穆公延攬人才訪求賢士,從西戎得到了由余,在東邊的宛國贖得了百里奚,又派人自宋國迎回了蹇叔,由晉國招來了丕豹、公孫支。這五位賢者,都不是秦國人,穆公任用他們,結果兼併了二十多個國家,稱霸西戎。孝公用商鞅的新法,轉移風氣,改變習俗,人民因此而富裕,國家因此而富強,百姓樂於爲國效命,諸侯親附歸服;先後戰勝楚魏,俘虜二國的軍隊,占領千里的土地,使得國家到今天仍然是政治清明,國力強大。惠王用張儀的計謀,攻下三川地區,西邊併吞巴、蜀,北邊占領上郡,南邊攻取漢中,兼併蠻夷各部落,控制楚國鄢郢一帶,東邊占據成皋這個險要的地方,割取肥沃的土地,於是瓦解了六國的合縱之盟,使諸侯們爭相向西侍奉秦國,功績一直延續到現在。昭王得范睢封爲丞相,於是廢黜穰侯,驅逐華陽君,壯大王室的權力,杜絕宗室大臣等樹立私人的勢力，對外逐漸侵呑諸侯的土地，使秦國完成稱帝的基業。這四位君王都是靠客卿的功勞。從這些歷史事實看來，客卿又有什麼地方對不起秦國呢？假如這四位君王拒絕客卿而不接納，疏遠賢士而不重用，那國家勢必沒有富足的事實，秦國沒有強大的威名了。

現在陛下得到了昆山所產的美玉，擁有隨侯珠、和氏璧，掛著夜光珠，佩戴太阿劍，騎乘纖離馬，豎立翠鳳旗，架設靈鼉鼓。這幾種寶物沒有一樣是秦國出產的，而陛下卻喜愛它們，爲什麼呢？如果一定要秦國出產的才可以用，那麼夜光璧就不該擺飾在朝堂上；犀角象牙的製品不該作爲愛賞把玩的寶物；鄭衛等外國的美女不該充列在後宮；而北狄出產駃騠駿馬不該養在馬棚裡；江南產的金錫不該使用，西蜀的丹青顏料不該拿來塗彩。如果所有裝飾後宮、排滿階前空地的姬妾、使陛下心情愉快、滿足耳目享受的，一定要出產於秦國才可以，那麼綴著宛珠的髮簪，鑲著珠璣的耳墜，東阿白絹所裁成的衣服，織錦刺繡的飾物，不該進呈到陛下面前；而時髦高雅、容貌嬌豔、體態美好的趙國女子也不該侍立在陛下左右。再說，擊瓦甕、敲瓦盆，彈奏秦箏、拍著大腿，嗚嗚地唱歌來滿足聽覺享受，是秦國道地的音樂。鄭、衛、桑間的歌謠，虞舜的〈韶樂〉、周武王的〈象舞〉，都是異國的音樂啊。如今捨棄擊瓦甕敲瓦盆的音樂而改聽鄭衛的歌謠，不彈秦箏而採用〈韶樂〉〈象舞〉，這樣做是爲什麼呢？不過是求眼前的快樂，滿足耳目的享受罷了！現在用人卻不是如此，不問才能的優劣，不分人品的好壞，不是秦國人就排斥，凡是客卿就驅逐。這樣看來，陛下所重視的是美色、音樂、珠寶，而所輕視的是人才了。這不是用來統御天下，掌控諸侯的作法啊！

我聽說土地廣的米糧多，國家大的百姓衆，軍力強的兵士勇。所以泰山不捨棄土壤，才能成就它的高大；河海不挑揀細流，才能成就它的深；君王不拒絕百姓，才能顯揚他的盛德。所以土地不分東南西北，人才不論本國外國，一年四季都是充實美好，鬼神都能降下福澤，這是五帝三王爲什麼能無敵於天下的原因。現在卻擯棄百姓而幫助敵國，斥逐客卿而成就諸侯，使天下的賢士退避不敢向西，停下腳步不敢踏入秦國，這正是所謂借兵器給敵人而送糧食給盜賊啊！

物品不產於秦國，但値得珍惜的很多；人才不出生於秦國，而願意效忠的也不少。如今驅逐客卿來幫助敵國，損害人民去助長仇敵，對內自損國力，對外與諸侯結怨，卻希望國家沒有危險，是不可能的。

過秦論

賈誼

【原文】

秦孝公①據殽函②之固，擁雍州③之地，君臣固守，以窺周室；有席捲天下，包舉宇内，囊括四海之意，并吞八荒④之心。當是時，商君⑤佐之，内立法度，務耕織，修守戰之具，外連衡而鬥諸侯⑥。於是秦人拱手而取西河之外⑦。

孝公既沒，惠文、武、昭襄⑧，蒙故業。因遺策，南取漢中⑨，西舉巴蜀⑩，東割膏腴之地，北收要害⑪之郡。諸侯恐懼，會盟而謀弱秦⑫，不愛珍器重寶肥饒之地，以致天下之士，合從締交，相與爲一。當此之時，齊有孟嘗⑬，趙有平原⑭，楚有春申⑮，魏有信陵⑯，此四君者，皆明智而忠信，寬厚而愛人，尊賢重士，約從離橫⑰，兼韓、魏、燕、趙、楚、宋、衛、中山⑱之衆。於是六國⑲之士，有寧越⑳、徐尚㉑、蘇秦㉒、杜赫㉓之屬爲之謀，齊明㉔、周最㉕、陳軫㉖、昭滑㉗、樓緩㉘、翟景㉙、蘇厲㉚、樂毅㉛之徒通其意，吴起㉜、孫臏㉝、帶佗㉞、兒良、王廖㉟、田忌㊱、廉頗㊲、趙奢㊳之倫制其兵。嘗以十倍之地，百萬之衆，叩關㊴而攻秦。秦人開關延敵，九國㊵之師，逡巡遁逃而不敢進。秦無亡矢遺鏃㊶之費，而天下諸侯已困矣。於是從散約解，爭割地而賂秦。秦有餘力而制其敝㊷，追亡逐北㊸，伏尸百萬，流血漂櫓㊹；因利乘便，宰割天下，分裂河山，強國請服，弱國入朝。施㊺及孝文王㊻、莊襄王㊼，享國日淺，國家無事。

及至始皇，奮六世之餘烈㊽，振長策而御宇內，吞二周㊾而亡諸侯，履至尊㊿而制六合(51)，執棰拊(52)以鞭笞(53)天下，威振四海。南取百越(54)之地以爲桂林(55)、象郡(56)；百越之君，俛首係頸(57)，委命下吏(58)；乃使蒙恬(59)北築長城而守藩籬，卻匈奴七百餘里；胡人不敢南下而牧馬，士不敢彎弓而報怨。於是廢先王之道，焚百家之言(60)，以愚黔首；墮(61)名城，殺豪俊，收天下之兵，聚之咸陽，銷鋒鍉，鑄以爲金人十二(62)，以弱天下之民。然後踐華爲城(63)，因河爲池(64)，據億丈之城，臨不測之淵以爲固。良將勁弩，守要害之處；信臣精卒，陳利兵而誰何(65)？天下已定，秦王之心，自以爲關中(66)之固，金城千里(67)，子孫帝王萬世之業也。

始皇既沒，餘威震於殊俗(68)。然而陳涉(69)，甕牖繩樞(70)之子，甿隸(71)之人，而遷徙之徒也。才能不及中人(72)，非有仲尼、墨翟之賢，陶朱(73)、猗頓(74)之富，躡足行伍之間

(75)，而倔起阡陌之中(76)，率罷散之卒，將數百之衆，轉而攻秦；斬木爲兵，揭(77)竿爲旗，天下雲集而響應，贏糧而景從(78)，山東(79)豪俊，遂並起而亡秦族矣。

且夫天下非小弱也，雍州之地，殽函之固，自若也；陳涉之位，非尊於齊、楚、燕、趙、韓、魏、宋、衛、中山之君也；鋤耰棘矜(80)，非銛(81)於鉤戟(82)長鎩(83)也；謫戍之衆，非抗(84)於九國之師也；深謀遠慮，行軍用兵之道，非及曩時之士也；然而成敗異變，功業相反也。試使山東之國，與陳涉度長絜大(85)，比權量力，則不可同年而語(86)矣；然秦以區區之地，致萬乘之權(87)，招八州而朝同列(88)，百有餘年矣；然後以六合爲家，殽函爲宮，一夫作難而七廟(89)墮，身死人手(90)，爲天下笑者何也？仁義不施，而攻守之勢異也。

【註釋】

①**秦孝公**：已見本書第36頁〈諫逐客書〉註釋⑧。秦自穆公後，國勢不振，諸侯卑之，孝公以爲大恥；乃用商鞅，變法令，明賞罰，務農教戰，遂致富強，稱霸於諸侯。

②**殽函**：殽，音同「夭」，山名，秦塞有東殽及西殽，在今河南洛寧縣境。函，即函谷關，在今河南

靈寶縣南。宋盧襄《西征記》：「關城在谷，深險如函，故名。」

③**雍州**：古九州之一，包括今陝西、甘肅及青海之一部。

④**八荒**：八方荒遠之地（八方，謂四方四隅）。《說苑》〈辨物〉：「八荒之內有四海，四海之內有九州。」

⑤**商君**：即商鞅，已見本書第36頁〈諫逐客書〉註釋⑧。

⑥**連衡而鬥諸侯**：衡與橫同。連衡與合從（同縱）相對。《韓非子》〈五蠹〉：「從者，合衆弱以攻一強也；衡者，事一強以攻衆弱也。」從衡皆戰國時策士所用計策：蘇秦合六國以抗秦，是爲合從；張儀說六國事秦以瓦解合從，是爲連衡。蓋東西爲横，秦地偏西，六國在東，故分化六國以事秦曰連衡。本文稱商君佐秦孝公「外連衡而鬥諸侯」，則此策固不專於張儀也。鬥諸侯，謂使諸侯自相爭鬥。

⑦**拱手而取西河之外**：拱手，兩手相合，大指相並以示敬。《禮記》〈曲禮〉：「遭先生於道，趨而進，正立拱手。」西河，魏邑，今陝西大荔、宜川等縣地，以在黃河之西得名。周顯王二十九年（西元前三四〇年），秦商鞅敗魏兵，魏割西河之地於秦。拱手而取，喻取之易也。

⑧**惠文武昭襄**：惠文王、昭襄王，見本書第36頁〈諫逐客書〉註釋⑩及第37頁註釋⑱。武王，惠文王之子，名蕩。

⑨**南取漢中**：見本書第37頁〈諫逐客書〉註釋⑬。

⑩**西舉巴蜀**：舉，攻拔也。巴、蜀，古二國名。周愼靚王三年（西元前三一八年），巴蜀互相攻擊，俱求救於秦。秦惠文王出兵滅兩國，置巴、蜀二郡。參閱本書第36頁〈諫逐客書〉註釋⑪。

⑪**要害**：謂關係重要之處。《漢書》〈西南夷傳〉注：「要害者，在我爲要，於敵爲害也。」

⑫**謀弱秦**：圖謀削弱秦國。

⑬**孟嘗**：孟嘗君，姓田名文，戰國齊靖郭君田嬰子，爲齊相，封於薛，號孟嘗君。善養士，有食客三千人。

⑭**平原**：平原君，姓趙名勝，戰國趙武靈王子，惠文王弟，相惠文王及孝成王，封於平原，號平原君。喜賓客，食客常數千人。

⑮**春申**：春申君，姓黃名歇，戰國楚相，封於春申，號春申君。相楚二十餘年，食客常三千人。

⑯**信陵**：信陵君：戰國魏昭王少子，名無忌，封信陵君，禮賢下士，食客常三千人。與孟嘗、平原、春申共稱四公子，而信陵爲最賢。

⑰**約從離橫**：相約合從，離散連橫。

⑱**韓**、**魏**、**燕**、**趙**、**齊**、**楚**、**宋**、**衛**、**中山**：皆國名，韓、魏、燕、衛、中山均姬姓。韓始都平陽（山西臨汾），後徙鄭（河南新鄭）；衛始都安邑（山西夏縣），後徙大梁（河南開封）；燕都薊（河北薊縣）；衛都帝丘（河北濮陽）；中山都今河北定縣。趙姓嬴，都邯鄲（河北邯鄲）；齊姓田，都臨淄（山東臨淄）；楚姓羋，都郢（湖北江陵）；宋姓子，都商邱（河南商邱）。

⑲**六國**：指韓、魏、燕、趙、齊、楚六大國。

⑳**寧越**：趙中牟人。《文選》李善注引《呂氏春秋》：「齊攻廩丘，趙使孔青將而救之，與齊人戰，大敗齊人，得尸三萬，以爲二京。寧越謂孔青曰：『惜矣！不如歸尸，以內攻之；彼得尸，而府庫盡於葬，此之謂內攻之。』」

㉑**徐尚**：宋人。

㉒**蘇秦**：東周洛陽人。師事鬼谷子。周顯王時，以合從游說六國，合力抗秦。蘇秦爲從約長，佩六國相印。

㉓**杜赫**：周人，李善注引《呂氏春秋》：「杜赫以安天下說周昭文君，昭文君謂杜赫曰：『願學所以安周。』」

㉔**齊明**：東周臣。李善注引《戰國策》：「東周齊明謂東周君曰：『臣恐西周之與楚韓寶，令之爲己求地於東周也。』」

㉕**周最**：東周成君子，仕於齊。李善注引《戰國策》：「齊令周最使鄭立韓擾而廢公叔，周最患之。」

㉖**陳軫**：夏人，仕秦，後仕秦。李善注引《戰國策》：「秦王謂陳軫曰：『吾聞子欲去秦而之楚，信乎？』軫曰：『然。』」

㉗**昭滑**：楚人。昭一作召，又作邵。李善注引《史記》：「范蠉對楚王曰：『王前嘗用召滑，而郡江東』」

㉘**樓緩**：魏相，後爲秦相。李善注引《戰國策》：「秦王伐楚，魏王不欲。樓緩謂魏王曰：『不與秦攻楚，楚且與秦攻王；王不如令秦楚戰，王交制之。』」

㉙**翟景**：李善注：「翟景，未詳。」王念孫謂：即〈魏策〉之魏相翟強；梁玉繩謂：疑即〈趙策〉之翟章；二說未知孰是。

㉚**蘇厲**：蘇秦之弟，仕於齊。

㉛**樂毅**：魏靈壽人，仕燕昭王，爲上將軍，伐齊，下七十餘城，封昌國君。後奔趙，封望諸君。

㉜**吳起**：衛人，通兵法，初仕魯，後爲魏文侯將，守西河，使秦不敢東侵。武侯時，被譖，奔楚，楚悼王用爲相；悼王卒，爲楚貴戚所忌，被害。

㉝**孫臏**：齊人，兵家孫武之後，與龐涓同師鬼谷子。涓爲魏將，嫉其才，召臏至魏，刖其兩足。後臏爲齊將，敗魏兵於馬陵，射殺龐涓。

㉞**帶佗**：佗，音同「託」。李善注：「帶佗，未詳。」

㉟**兒良、王廖**：兒，音同「尼」。李善注引《呂氏春秋》：「王廖貴先，兒良貴後。此二人者，皆天下之豪士也。」高誘注：「王廖謀兵事貴先，兒良作兵謀貴後。」

㊱**田忌**：齊將，伐魏三戰三勝。

㊲**廉頗**：趙之良將，惠文王時，伐齊，大破之，拜爲上卿。

㊳**趙奢**：趙將，擊秦有攻，封馬服君。

㊴**叩關**：李善注：「叩，擊也。叩，或爲仰，言秦地高，故曰仰攻之。」

㊵**九國**：謂韓、魏、燕、趙、齊、楚、宋、衛、中山也。

㊶**亡矢遺鏃**：亡，失也。矢，箭也。鏃，音同「足」，李善注引李巡《爾雅》注：「以金爲箭鏑也。」（鏑，音同「笛」，箭頭。）

㊷**敝**：敗也。或作疲憊講。

㊸**追亡逐北**：亡，逃也。北，敗走也。言秦追擊諸侯敗軍。

㊹**流血漂櫓**：漂，浮也。櫓，音同「魯」，亦作鹵，大盾也。形容殺傷之多。

㊺**施**：音同「亦」，延也。《詩經》〈大雅·皇矣〉：「施于孫子。」

㊻**孝文王**：秦昭襄王子，名柱，立一年卒。

㊼**莊襄王**：秦孝文王子，名子楚，立四年卒。

㊽**六世之餘烈**：六世，指秦孝公、惠文王、武王、昭襄王、孝文王、莊襄王。餘烈，猶云餘威。

㊾**吞二周**：李善注引《史記》〈秦始皇本紀〉：「滅二周，置三川郡。」案《史記》〈秦本紀〉：昭襄王五十一年滅西周，莊襄王元年滅東周，並非始皇時事。

㊿**履至尊**：謂踐帝位也。至尊，天子之稱。

(51)**制六合**：謂統治天下也。六合，天地四方。

(52)**捶拊**：捶，音同「垂」，通箠，馬杖也。拊，刀柄也。

(53)**鞭笞**：笞，音同「吃」。鞭、笞，並古代刑名。此作動詞用，謂鞭打笞擊。

(54)**百越**：亦作百粵，包括浙江、福建、廣東、廣西、越南之地，古為越族所居，因其種族不一，故稱百越。《漢書》〈地理志〉注：「自交趾至會稽七八千里，百粵雜處，各有種姓。」

(55)**桂林**：秦桂林郡，約有今廣西省北部之地。

(56)**象郡**：秦象郡，約有今廣東省西南部、廣西省南部及越南之地。

(57)**係頸**：係同繫。《史記》〈秦始皇本紀〉：「子嬰即係頸以組。」《集解》：「應劭曰：組者，天子黻也；係頸者，言欲自殺也。」

(58)**委命下吏**：委性命於獄官下吏。

(59)**蒙恬**：秦將。始皇三十三年（西元前二一四年），蒙恬率兵三十萬，北擊匈奴。三十四年，築長城。

⑥⓪**廢先王之道，焚百家之書**：先王，謂古先聖王：堯、舜、禹、湯、文、武。百家，謂諸子。《漢書》〈藝文志〉：「諸子百八十九家，舉成數言，故曰百家。」秦始皇三十四年，以諸生不師今而學古，以非當世，惑亂黔首，下令史官非秦紀皆燒之，非博士官所職，天下有藏詩書百家語者，悉詣守尉雜燒之。

⑥①**墮**：音同「灰」，毀壞也。一作隳。

⑥②**收天下之兵四句**：兵，兵器。《史記集解》：「應劭曰：古者以銅為兵。」咸陽，秦國都，在今陝西咸陽縣東二十里。鍉，音同「笛」，一作鏑，箭頭。《史記》〈秦始皇本紀〉：「收天下兵，聚之咸陽，銷以為鐘鐻，金人十二，重各千石，置宮庭中。」

⑥③**踐華為城**：李善注：「晉灼曰：踐，登也。」華，即西嶽太華山。謂以華山為城郭。

⑥④**因河為池**：因，依也。河，即黃河。池，環城水也。謂以黃河為護城河。

⑥⑤**誰何**：李善注：「誰何，問之也。」張銑注：「何，問也，言誰敢問。」

⑥⑥**關中**：秦地，東有函谷關，南有武關，西有散關，北有蕭關，居四關之中，故曰關中。

⑥⑦**金城千里**：金城，言其實且堅也。《史記》〈張良傳〉：「關中所謂金城千里，天府之國也。」

⑥⑧**殊俗**：遠方也。

⑥⑨**陳涉**：名勝，字涉，秦陽城（今河南登封）人。少為人傭耕，有大志。二世元年（西元前二〇九年），謫戍漁陽，涉為屯長。行至大澤鄉（安徽宿縣南），會天大雨，道不通，失期當斬，遂與吳廣起兵反秦。

⑳**甕牖繩樞**：以破甕爲窗牖，以繩繫戶樞。形容貧家。
㉑**甿隸**：甿，音同「盟」。《史記集解》：「徐廣曰：田民曰甿。」隸，徒役也。
㉒**中人**：中等之人。《論語》〈雍也〉：「中人以上，可以語上也。」
㉓**陶朱**：即春秋時范蠡。蠡相越滅吳後，泛舟江湖，止于陶（今山東肥城縣西北），變姓名爲陶朱。善治產，積十九年之間，三致千金，散與貧疏兄弟。
㉔**猗頓**：春秋時魯之窮士，學致富之術於陶朱公，乃適河東猗氏（今山西安澤縣境），大畜牛羊，十年之間，貲擬王公。
㉕**躡足行伍之間**：躡，音同「聶」，蹈也。躡足猶言置身。行伍，士卒之行列也，二十五人爲行，五人爲伍。
㉖**倔起阡陌之中**：倔，音同「決」。倔起，驟起也。阡陌，田間道路也，《風俗通義》曰：「南北曰阡，東西曰陌；河東以東西爲阡，南北爲陌。」
㉗**揭**：高舉也。
㉘**贏糧而景從**：贏糧，擔糧也。景同影；景從，如影之隨形也。
㉙**山東**：秦在華山以西，故稱華山以東之六國爲山東。
㉚**鉏耰棘矜**：耰，音同「幽」，摩田之器；一云鉏柄。棘，同戟。矜，戟之柄。
㉛**銛**：音同「仙」，利也。
㉜**鉤戟**：有鉤之戟。
㉝**長鎩**：即長矛。鎩，音同「曬」。

㉞**抗**：當也；比也。
㉟**度長絜大**：度，音同「剁」，量度也。絜，圍而量之也。
㊱**同年而語**：相提並論之意。
㊲**致萬乘之權**：《孟子》〈梁惠王〉：「萬乘之國。」趙岐注：「兵車萬乘，謂天子也。」
㊳**招八州而朝同列**：招，音同「喬」，舉也。古時分天下為九州，秦據雍州，此外之八州，則冀、兗、青、徐、揚、荊、豫、梁也。同列，指六國。言秦以區區之地，偏能招舉其他八州同列之諸侯使之朝服。
㊴**七廟**：《禮記》〈王制〉：「天子七廟，三昭三穆，與太祖之廟而七。」
㊵**身死人手**：指秦王子嬰，為項羽所殺。

【作者】

賈誼，漢洛陽人，生於高祖七年，卒於文帝十二年（西元前二〇〇—一六八年），年三十三歲。

誼年十八，以能誦詩書屬文，聞名郡中，河南守吳公召置門下。及吳公為廷尉，乃言賈生年少頗通諸子百家之書，文帝召以為博士，時年二十餘，一歲中超遷至太中大夫。因上書請改正朔，易服色，制法度，興禮樂，悉更秦之法。文帝初即位，謙讓未遑，周勃、灌嬰等復讒毀之，於是出爲長沙王太傅。誼既以讁去，意不自得，渡湘水，爲文以弔屈原。復遷梁懷王太傅，懷王爲文帝之少子，好讀書，故令誼傅之。居數年，懷王以墜馬死，誼自傷爲傅無狀，哭泣歲餘，亦死。世稱賈太傅，又稱賈長沙；以其年少，亦稱賈生。

誼爲漢初之政論家及辭賦家，所上〈治安策〉（一名〈陳政事疏〉），通達治體，爲漢人奏議中第一長篇文字，實爲後世萬言書之祖。所作辭賦，如〈弔屈原〉、〈惜誓〉、〈鵩鳥賦〉等，上承屈宋，下開枚馬，在漢賦發展史上占極重要地位。誼著作今傳《新書》十卷，出於後人輯附，非《漢志》儒家五十八篇之原書。

【題解】

本篇爲議論文。過秦者，論秦之過，以作漢代之鑑戒也。原文見《賈子新書》，題下無論字，《史記》引作〈秦始皇本紀論贊〉，本只一篇，後人分作三篇，上篇過秦始皇，中篇過二世，三篇過子嬰。今錄其上篇。全篇主旨，在最後二語：意謂秦以武力攻取天下，亦欲以武力守之，而不施行仁義；不知攻守之勢不同，所以取亡也。文分五段：首段敘秦之強，始於孝公；次段敘惠文、武、昭襄數世，秦益強盛，六國雖合從併力，而無如秦何；三段敘始皇統一天下，強盛至極，自以爲天下之民亦莫敢誰何矣；四段敘陳涉發難，天下響應，而秦之亡也忽焉；末段言陳涉與六國比較，形勢懸殊，而成敗異變者，秦不施仁義，所以易亡也。

【翻譯】

秦孝公憑藉殽山和函谷關的險固，擁有雍州的土地，君臣嚴密防守，以此伺機奪取東周的政權，有奪取天下，征服各國，統一四海的志向，併吞八方的野心。在這個時候，商鞅輔佐他，在國內，建立法律制度，努力發展耕種和紡織，整飭防守和攻戰的軍備；對外，採用連橫策略，使六國諸侯自相爭鬥。於是，秦人輕易地取得了黃河以西的大片土地。

秦孝公死後，惠文王、武王、昭襄王繼承已有的基業，依循前代的策略，向南兼併了漢中，向西佔領巴、蜀一帶，東邊割取肥沃的土地，北邊奪取險要的州郡。諸侯都很恐懼，會商聯盟，謀求削弱秦國的辦法，不吝惜珍奇寶器、貴重的財物和肥美的土地，以之延攬天下賢才，締結盟約，聯合抗秦，彼此合作，結爲一體。在這個時候，齊國有孟嘗君，趙國有平原君，楚國有春申君，魏國有信陵君，這四位公子，都聰明有智慧而又忠誠守信，寬厚愛人，並且能夠尊敬賢者，重用人才。諸侯締結合縱盟約，破壞秦國的連橫策略，集合韓、魏、燕、楚、齊、趙、宋、衛、中山等國的軍隊。這時，六國的人才中，有寧越、徐尚、蘇秦、杜赫這些策士替各國出謀畫策；有齊明、周最、陳軫、昭滑、樓緩、翟景、蘇厲、樂毅這些外交人才溝通各國的意見；有吳起、孫臏、帶佗、兒良、王廖、田忌、廉頗、趙奢這些名將統率軍隊。曾經以十倍於秦的土地，百萬的兵力，攻打秦國函谷關。秦國軍隊開關迎戰，九國的軍隊，都疑懼徘徊，不敢前進。秦國沒有耗損一隻箭矢、一個箭鏃，天下諸侯卻已陷入困境了。於是合縱的盟約解體，各國爭相割讓土地奉獻給秦國。秦國有餘力宰制疲憊的諸侯，追擊各國敗逃的軍隊，伏在地上的死屍多到百萬，流的血可以漂起盾牌。秦國憑藉這有利的形勢，宰制天下諸侯，分裂各國土地。諸侯中強的請求投降，弱的入朝稱臣。傳到孝文王、莊襄王，在位的時間較短，國家沒有發生什麼大事。

到了秦始皇，發揚前六代祖先遺留下來的功業，揮舞著長鞭駕馭天下，併吞東西二周，消滅六國諸侯，登上帝位，宰制天下，用嚴刑鎮壓天下的民眾，聲威震動四海。又向南奪取百越土地，設置桂林郡和象郡；百越的君主低著頭，被繩子繫在頸上，把生命交給秦的獄吏。於是又派遣蒙恬到北方修築長城防衛邊疆，使匈奴退到七百多里外的地方；匈奴從此不敢南侵，兵士也不敢拉弓射箭來報仇。於是始皇廢棄先王的法制，燒燬諸子百家的書籍，實施愚民政策；毀壞六國原有的名城，殘殺英雄豪傑，沒收天下的兵器，集中在咸陽，把刀刃、箭鏃熔鑄成十二座銅人，以削弱民間的反抗力量。然後以華山做城郭，黃河做護城河，憑據這樣的億丈高城，臨靠如此不測的深水，作爲堅固的屏障。優秀的將帥帶著強勁的弓弩，守住險要的地方；親信的臣子帶著精銳的士卒，亮出銳利的兵器，喝問過往的行人，誰也不敢怎樣。天下已經平定，在始皇的心裡，以爲關中地勢險要，眞像圍繞千里的銅城鐵壁，是子孫萬世做皇帝的基業。

始皇死後，餘威還使得遠方之國震服。但是，陳涉，這個用破甕作窗框、草繩綁著門軸的窮苦子弟，是個種田做工的僕役、被徵發防守邊境的賤民，才能趕不上一般人，既沒有孔子、墨子的賢智，又沒有陶朱、猗頓的財富。置身戍卒隊伍之中，從田野間奮起，帶領幾百個疲累散亂的士卒，轉過身來攻秦。砍削樹木做兵器，高舉竹竿當旗幟，天下人像雲一般聚集，群起響應，帶著糧食像影子般追隨他，殽山以東的英雄豪傑紛紛起義，就此一同起兵，滅亡秦族了。

這時秦國的力量並未縮小、減弱，雍州的土地，殽山和函谷關的堅固，一如從前；陳涉的地位，遠不如齊、楚、燕、趙、韓、魏、宋、衛、中山各國國君的尊貴；鋤柄和棍棒，比不上鉤戟長矛的鋒利；被徵調守邊的兵卒，比不上九國的正規軍隊；深謀遠慮，行軍作戰的本領，也遠不及從前那些謀士將領。結果卻成敗不同，功業相反。假使把以前的山東各國君王，和陳涉比量長短、大小，比較他們的權勢力量，是根本不能相提並論的。秦國以小小的雍州地方，取得天子的權位，宰制其他八州，使同列諸侯來朝拜，長達一百多年。這才把天下合併為一家，把殽山、函谷關當做自家的宮牆。但是一個小小的普通人起來發難，竟然導致國家滅亡，子孫死在敵人手中，被天下人恥笑，這是什麼緣故呢？只因為不施行仁義，而且攻天下、守天下的形勢也已經不同了啊！

論貴粟疏

鼂錯

【原文】

聖王在上，而民不凍飢者，非能耕而食之，織而衣之也，爲開其資財之道也。故堯、禹有九年之水，湯有七年之旱①，而國無捐瘠者②，以畜③積多而備先具也。今海内爲一，土地人民之衆不避④湯、禹，加以無天災數年之水旱，而畜積未及者何也？地有遺利，民有餘力，生穀之土未盡墾，山澤之利未盡出也，遊食之民⑤未盡歸農也。

民貧則姦邪生。貧生於不足，不足生於不農，不農則不地著⑥；不地著則離鄉輕家，民如鳥獸，雖有高城深池，嚴法重刑，猶不能禁也。夫寒之於衣，不待輕煖；飢之於食，不待甘旨；飢寒至身，不顧廉恥。人情一日不再食則飢，終歲不製衣則寒。夫腹飢不得食，膚寒不得衣，雖慈母不能保其子，君安能以有其民哉？明主知其然也，故務民於農桑，薄賦斂，廣畜積，以實倉廩，備水旱，故民可得而有也。

民者，在上所以牧⑦之；趨利如水走下，四方無擇也。夫珠玉金銀，飢不可食，寒不可衣，然而衆貴之者，以上用之故也。其爲物輕微易藏，在於把握，可以周海內而無飢寒之患。此令臣輕背其主，而民易去其鄉，盜賊有所勸⑧，亡逃者得輕資⑨也。粟米布帛生於地，長於時，聚於力，非可一日成也。數石之重，中人弗勝⑩，不爲姦邪所利，一日弗得而飢寒至。是故明君貴五穀而賤金玉。

今農夫五口之家，其服役者，不下二人；其能耕者，不過百畝；百畝之收，不過百石。春耕，夏耘，秋獲，冬藏，伐薪樵，治官府⑪，給徭役，春不得避風塵，夏不得避暑熱，秋不得避陰雨，冬不得避寒凍；四時之間，無日休息。又私自送往迎來，弔死問疾，養孤長⑫幼在其中。勤苦如此，尚復被水旱之災，急征暴賦，賦斂不時，朝令而暮當具⑬。有者半價而賣；無者取倍稱⑭之息；於是有賣田宅、鬻⑮子孫，以償債者矣！而商賈大者積貯倍息，小者坐列⑯販賣，操其奇贏⑰，日遊都市，乘上之急，所賣必倍。故其男不耕耘，女不蠶織；衣必文采，食必粱肉；無農夫之苦，有仟伯之得⑱。因其富厚，交通王侯，力過吏勢，以利相傾，千里遊遨，冠蓋相望⑲，乘堅策肥⑳，履絲曳縞㉑。此商人所以兼併農人，農人所以流亡者也。

今法律賤商人，商人已富貴矣；尊農夫，農夫已貧賤矣。故俗之所貴，主之所賤也；吏之所卑，法之所尊也。上下相反，好惡乖迕㉒，而欲國富法立，不可得也。

方今之務，莫若使民務農而已矣。欲民務農，在於貴粟。貴粟之道，在於使民以粟爲賞罰。今募天下入粟縣官㉓，得以拜爵，得以除罪；如此，富人有爵，農民有錢，粟有所渫㉔。夫能入粟以受爵，皆有餘者也。取於有餘，以供上用，則貧民之賦可損㉕；所謂損有餘，補不足，令出而民利者也。順於民心，所補㉖者三：一曰主用足；二曰民賦少；三曰勸農功㉗。

今令，民有車騎馬㉘一匹者，復卒三人㉙。車騎者，天下武備也，故爲復卒。神農之教曰：「有石城十仞，湯池㉚百步，帶甲百萬，而無粟，弗能守也。」以是觀之，粟者，王者大用，政之本務。令民入粟受爵，至五大夫㉛以上，乃復一人耳，此其與騎馬之功相去遠矣㉜。

爵者，上之所擅㉝，出於口而無窮；粟者，民之所種，生於地而不乏。夫得高爵與免罪，人之所甚欲也。使天下人入粟於邊，以受爵免罪，不過三歲，塞下之粟必多矣。

【註釋】

①**湯有七年之旱**：劉向《說苑》〈君道篇〉：「湯之時大旱七年。」

②**捐瘠者**：言相棄捐至於瘦病者。《漢書》〈食貨志〉孟康注：「捐，謂民有飢相棄捐者。」顏師古注：「瘠，瘦病也。」

③**畜**：積也，古通「蓄」。

④**不避**：不讓於，不少於。避，讓也。

⑤**游食之民**：游手好閒，坐食之民。

⑥**不地著**：謂不久居一地。著，音同「卓」，久居其地不遷徙。

⑦**牧**：本義爲畜牧，引申爲治理、管理。

⑧**勸**：猶言鼓勵。

⑨**輕資**：易於攜帶。古資、齎，音同義通。齎，持也。

⑩**中人弗勝**：普通人之體力不能勝任。中人，普通人。勝，音同「生」，任也。

⑪**治官府**：修建官舍。

⑫**長**：撫育，動詞。

⑬**具**：具備。

⑭**倍稱**：《漢書》〈食貨志〉如淳注：「取一償二，爲倍稱。」稱，音同「勝」。

⑮**鬻**：賣也。

⑯**列**：猶今之行號。

⑰**奇贏**：謂有餘材而賤買貴賣也。見《漢書》〈食貨志〉注。奇，音同「肌」，餘也。

⑱**仟伯之得**：千百倍於農夫之得。伯，通佰、百。一說仟伯通阡陌，以喻農田之收穫。

⑲**冠蓋相望**：此言商賈僭用官吏車服，不絕於途。蓋，車蓋。
⑳**乘堅策肥**：乘堅車，策肥馬。策，鞭馬使進。
㉑**曳縞**：綢衣拖地。曳，拖也、著也。縞，音同「搞」，細白絲綢。
㉒**乖迕**：乖，違背。迕，音同「勿」，逆。
㉓**縣官**：謂朝廷、天子。《史記》〈絳侯世家〉：「盜買縣官器。」《索隱》：「縣官，謂天子也。王者官天下，故曰縣官。」
㉔**渫**：音同「洩」，散也。
㉕**損**：減輕。
㉖**補**：好處。
㉗**勸農功**：鼓勵農民從事生產。功，事也。
㉘**車騎馬**：戰車及騎兵所用之馬。騎，音同「技」。
㉙**復卒三人**：謂免役三人。復，免除。卒，指徭役。《漢書》〈食貨志〉如淳注：「除三夫不作甲卒也。」顏師古注：「當為卒者，免其三人；不為卒者，復其錢耳。」
㉚**湯池**：池之不可渡，若沸湯然。喻護城河之堅固。
㉛**五大夫**：漢第九等爵名。入粟四千石者，授「五大夫」。
㉜**與騎馬之功相去遠矣**：言入粟受爵之功，遠較獻車騎馬之功為大也。
㉝**擅**：專有。

【作者】

鼂錯（鼂音同「巢」），漢潁川（今河南省禹縣）人。生於漢高祖七年（西元前二〇〇年），卒於景帝三年（西元前一五四年）。學申、商刑名之術，爲人峭直深刻，博學能文章。歷事文、景二帝，親信任事，寵幸傾九卿，法令多所更定，號爲「智囊」。旋遷御史大夫。時劉氏諸藩，強大不馴，錯建議削奪諸王封地，以尊朝廷。一時吳楚七國俱反，以誅錯爲名。袁盎勸帝斬錯，以謝諸侯。帝從之，錯衣朝衣被斬東市。錯既死，而亂兵猶不解，朝野以爲冤。錯明悉治道，銳於爲國遠謀，而不見身害。命雖不終，世多哀之。平生善於論政，與賈誼齊名，俱爲卓越之政論家。有文三十一篇，今傳九篇於世。

【題解】

本文選自《漢書》〈食貨志〉，屬論說文。爲鼂錯於文帝十二年（西元前一六八年）所上疏奏。題目乃後人所加。

漢自文帝即位，黃、老之道漸盛，社會經濟採放任政策，豪商巨賈遂得操縱經濟，兼併土地，農村因而衰落，農民為之流離。錯乃上書論貴粟，主張重農抑商，文帝納之，政府儲糧漸饒，民眾賦稅減輕。於安定社會，大有助益。

【翻譯】

聖明的君王高居上位，百姓能不受凍挨餓的原因，並不是君王耕種餵養百姓、織布供人民穿衣，而是為人民開發生財的方法。所以儘管唐堯、夏禹之時有過九年的水災，商湯之時有過七年的旱災，但國內沒有因飢餓被遺棄以至於瘦病的人，這是因為儲藏的糧食很多，準備早已作好。現在天下統一，土地的廣大，人口的眾多，不少於湯、禹的時代，又沒有連年的水旱天災，但糧食的積蓄卻比不上湯、禹的時代，這是什麼緣故呢？因為土地的利益沒有充分利用，人民的勞動力沒有完全發揮，可以生長穀物的土地沒有全部開墾，山林川澤的資源沒有完全開發，遊手好閒、不勞而食的人沒有全都回鄉務農。

人民貧窮就會做出邪惡的事。貧窮是由於衣食不足，衣食不足是由於不從事農耕，不從事農耕就不會久居一地，不久居一地就會輕易離開家鄉，人民像鳥獸一樣四處奔散。即使有高大的城牆和深險的護城河，嚴厲的法令和殘酷的刑罰，還是不能禁止他們遷徙。

人們受寒時，不會等到有輕暖的衣服才穿；挨餓時，不會等到有香甜可口的食物才吃；飢寒交迫時，就顧不得廉恥了。人們的常情是一天吃不到兩頓飯就會飢餓，整年不做衣服就會受凍。肚子餓了沒食物吃，身體受寒沒衣服穿，即使是慈母也不能保全她的孩子，君王又怎能保有他的人民呢？賢明的君主明白這個道理，所以努力使人民從事農耕和養蠶，減輕賦稅，大量貯備糧食，以便充實倉庫，防備水旱災荒，因此才能保有人民。

人民的生活狀況，就在於君王怎樣治理他們；他們追逐利益就像水往低處流一樣，不分東南西北。珠玉金銀，餓了不能當飯吃，冷了不能當衣穿，但是人們看重它，因爲君主使用它的緣故。這些物品輕便小巧，容易收藏，拿在手裏，可以周遊天下而沒有飢寒的憂慮。這使得臣子輕易地背叛君主，人民輕易地離開家鄉，盜賊受到鼓勵，逃犯有了便於攜帶的財物。粟米和布帛的原料生在土地裏，在一定的季節裏成長，收穫還需人力，並非短時間內可以完成。幾石重的糧食，普通人挑不動，不被奸邪的人貪圖，可是一天得不到就要挨餓受凍。因此，賢明的君王重視五穀而輕視金玉。

現在五口人的農家，要替公家服役的不少於二人，能夠耕種的土地不超過百畝，百畝的收成，不超過百石。他們春天耕地，夏天除草，秋天收穫，冬天儲藏，還得砍伐木柴，修建官舍，服勞役；春天不能避開風塵，夏天不能避開暑熱，秋天不能避開陰雨，冬天不能避開寒凍，一年四季，沒有一天休息。又有個人的交際往來，祭弔死者，慰問病人，撫養孤老，養育幼兒，都要從農業收入中開支。如此辛勤勞苦，還要遭受水旱災害，以及緊急徵收的苛稅，徵收賦稅沒有固定的時間，早晨發出命令，晚上就要準備好。爲了納稅，有糧食的人，半價賤賣；沒有糧食的人，以加倍的利息借貸；於是有賣田地房屋、賣子孫來還債的事情。而那些商人，大資本的囤積貨物，獲取雙倍的利潤，小資本的開設店鋪，販賣貨物，他們操控貨物和餘財，天天在都市裏遊逛，趁君王急需貨物的機會，所賣的價格必定加倍。所以商人家中男人不必耕地耘田，女人不用養蠶織布，穿的必定是華美的衣服，吃的必定是上等米和肉，沒有農夫的勞苦，卻有千百倍於農夫的收入。憑藉雄厚的財富，與王侯結交往來，勢力超過官吏，以財利相互勾結，遨遊千里，僭用官吏的車服，彼此相望，不絕於途，乘著堅固的車，趕著壯實的馬，腳穿絲鞋，身著拖地的綢衣。這就是商人兼併農民土地，農民流亡在外的原因。

現在的法律輕視商人，可是商人卻已經富貴了；法律尊重農民，但農民卻已經貧賤了。所以世俗所看重的，正是君主所輕賤的；官吏所鄙視的，正是法律所尊重的。上下看法相反，好惡相違背，卻想使國家富裕、法令實施，那是不可能的。

當今的重要任務，莫過於使人民努力農耕罷了。想使人民從事農業，關鍵在於提高糧食的價值。提高糧食價值的辦法，在於讓人民用糧食來求賞或免罰。現在應該號召天下百姓獻糧給政府，獻糧的人可以封爵，可以免除罪刑；這樣，富人有了爵位，農民有了錢財，糧食不會囤積而能分散。那些獻糧得到爵位的，都是有餘財的富人。取富人的餘財來供政府使用，那麼貧民的賦稅就可以減輕，這就是所謂「減損多餘的，彌補不足的」，法令一頒佈，人民就能夠獲得利益。這樣順應民心，增加的好處有三個：一是君主的財用充足，二是人民的賦稅減少，三是鼓勵從事農業生產。

現行法令規定，人民獻一匹戰馬，可以免除三個人的徭役。戰馬是國家的軍備，所以准許免役。神農氏曾教導說：「有十仞高的石砌城牆、百步寬的護城河、百萬披甲的戰士，然而沒有糧食，還是不能夠防守。」由此看來，糧食是君王最需要的物資，是政治上最根本的要務。現在讓人民獻糧受爵，封到五大夫以上，才免除一個人的徭役，這與一匹戰馬的功用相比差得太遠了。

賜封爵位，是君王專有的權力，只要一開口，就可以無窮無盡地封給人；糧食，是人民耕種的，生長在土地上而不會缺乏。得到崇高的爵位和免除罪刑，是人們極想要的。假使天下人民都獻糧到邊塞，來受封爵位或免除罪刑，不超過三年，邊塞的糧食一定很多了。

戒子書

鄭玄

【原文】

吾家舊貧，不爲父母群弟所容①，去廝役之吏②，游學周、秦之都③，往來幽、并、兗、豫④之域；獲覲⑤乎在位通人⑥，處逸大儒⑦；得意⑧者咸從捧手⑨，有所授焉。遂博稽六藝，粗覽傳記，時睹祕書緯術⑩之奧。年過四十，迺歸供養，假田播殖，以娛朝夕。

遇閹尹⑪擅勢，坐黨禁錮⑫：十有四年，而蒙赦令⑬。舉賢良方正、有道⑭，辟大將軍三司府⑮，公車⑯再召。比牒並名⑰，早爲宰相⑱。惟彼數公懿德大雅⑲，克堪王臣，故宜式序⑳。吾自忖度，無任於此；但念述先聖之玄意㉑，思整百家之不齊㉒，亦庶幾以竭吾才；故聞命罔從。而黃巾㉓爲害，萍浮南北㉔，復歸邦鄉。入此歲來，已七十矣。

宿素㉕衰落，仍㉖有失誤。案之禮典，便合傳家㉗。今我告爾以老，歸爾以事；將閒居以安性，覃思㉘以終業。自非拜國君之命㉙，問族親之憂，展敬墳墓㉚，觀省野物，胡嘗扶杖出門乎？家事大小，汝一承之！

咨！爾煢煢一夫㉛，曾無同生㉜相依。其勗㉝求君子之道，研鑽勿替㉞；敬慎威儀，以近有德㉟。顯譽成於僚友，德行立於己志。若致聲稱，亦有榮於所生㊱。可不深念邪？可不深念邪？

吾雖無紱冕之緒㊲，頗有讓爵㊳之高；自樂以論贊之功㊴，庶不遺後人之羞。末所憤憤者，徒以亡親墳壟未成；所好群書，率皆腐敝，不得於禮堂㊵寫定，傳與其人㊶。日西方暮，其可圖乎？

家今差多㊷於昔，勤力務時㊸，無恤飢寒。菲飲食，薄衣服，節夫二者，尚㊹令吾寡恨。若忽忘不識㊺，亦已焉哉！

【註釋】

①**不為父母群弟所容**：句首「不」字衍文。（《四部叢刊》景印宋紹興本《後漢書》〈鄭玄傳〉無「不」字）阮元《山左金石志》〈跋語〉云：「爲父母群弟所容者，言徒學不能爲吏以益生產，

爲父母群弟所容，始得去廝役之吏，游學周秦。」

②**廝役**：廝，賤也。《集韻》：「廝，析薪養馬者。」廝役，謂執勞役以供使令。

③**游學周秦之都**：玄嘗至洛陽，師事京兆第五元先及東郡張恭祖；又西入關中，師事扶風馬融。東周都洛陽，秦都咸陽在關中，故云。

④**幽并兗豫**：漢幽州治薊（今河北大興縣西南），轄今河北、遼寧、熱河等地。并州（并，音同「兵」）治晉陽（今山西陽曲縣），轄今山西大部。兗州（兗，音同「眼」）治昌邑（今山東金鄉縣），轄今山東、安徽一部。豫州治譙（今安徽亳縣），轄今河南大部，安徽一部。

⑤**覲**：音同「緊」，見也；下見上之謂。

⑥**在位通人**：《論衡》〈超奇篇〉：「通書千篇以上，萬卷以下，弘暢雅言，審定文牘，而以教授爲人師者，通人也。」又：「博覽古今者爲通人。」玄所師第五元先曾任兗州刺史，馬融曾任南郡太守，皆當世顯達之通人。

⑦**處逸大儒**：隱居之大儒。

⑧**得意**：合意。

⑨**捧手**：討教、請益之意。《文選》班固〈東都賦〉李善注：《「孔子三朝記》曰：『孔子受業而有疑，捧手問之，不當避席。』」

⑩**秘書緯術**：指緯書圖讖（音同「趁」）。西漢末，假託經義，言符籙瑞應之書，有所謂七經緯，即《易緯》、《書緯》、《詩緯》、《禮緯》、《樂緯》、《春秋緯》、《孝經緯》。

⑪**閹尹**：亦作奄尹，主領宦豎之官。《呂氏春秋》〈仲冬〉：「命閹尹。」注：「閹，宦官。尹，正

也。」此指靈帝時宦官曹節、王甫等。

⑫ **坐黨禁錮**：坐黨，謂因黨而入於罪。禁錮，謂絕其仕宦之路。《左傳》成公二年：「子反請以重幣錮之。」注：「禁錮勿令仕。」疏：「錮，鑄塞也。鐵器穿穴者，鑄鐵以塞之。使不漏；禁人使不得仕宦者，其事亦似之，故謂之禁錮。」靈帝建寧元年，宦官曹節等殺太尉陳蕃、大將軍竇武，誣指知名之士而反對宦官專政者爲黨人，禁錮終身，見《後漢書》〈黨錮列傳〉。玄遭指名禁錮，在建寧三年。

⑬ **赦令**：靈帝中平元年，黃巾賊起，京師震動。三月，大赦天下，流徙之黨人放還。時玄年五十八。

⑭ **賢良方正有道**：漢制，郡國舉士，有賢良方正科、有道科。賢良方正科，稍有文墨才學之士皆得充選，每舉輒百餘人。有道科則舉德望崇高、才器特異者，較稱榮重。

⑮ **辟大將軍三司府**：辟，徵召。三司即三公。後漢改大司馬太尉，與司空、司徒並稱三司。中平三年，大將軍何進曾召玄至京，便衣謁見，越宿潛歸。

⑯ **公車**：官署名，掌公家之車。

⑰ **比牒並名**：牒，古代公文之一種。比牒，猶連牒。並名，猶齊名。言與己同被徵召，名在一牒者。

⑱ **宰相**：指當時之丞相三公而言。

⑲ **懿德大雅**：懿德，謂美德。大雅，謂宏達雅正。

⑳ **式序**：以次任用之意。《詩》〈周頌．時邁〉：「明昭有周，式序在位。」箋：「用次第處位。」

㉑ **玄意**：深意。

㉒ **整百家之不齊**：《史記》〈太史公自序〉：「整齊百家雜語。」《正義》：「整齊諸子百家雜說之

語。」

㉓**黃巾**：東漢靈帝時，鉅鹿張角，以妖術作亂，徒衆皆著黃巾，時謂之黃巾賊。後爲皇甫嵩等所平。

㉔**萍浮南北**：謂如浮萍之漂流無定。黃巾賊破北海郡，玄避難於山東即墨縣東南之不其山；獻帝初平二年，又避亂徐州，依陶謙，故云。

㉕**宿素**：謂平素之志願。

㉖**仍**：頻也。

㉗**傳家**：謂以家事傳子孫。〈曲禮〉：「七十老而傳。」

㉘**覃思**：深思也。

㉙**拜國君之命**：受君之命。

㉚**展敬墳墓**：省視祖先之墳墓。

㉛**咨爾煢煢一夫**：咨，嗟也。嗟歎而告之也。煢煢，孤獨也。一夫，猶一人。

㉜**同生**：謂兄弟。

㉝**勗**：音同「旭」，勉勵。

㉞**替**：廢也。

㉟**敬慎威儀以近有德**：語見《詩經》〈大雅．民勞篇〉。威儀，謂尊嚴之容止。有德，謂有德行之人。

㊱**所生**：謂父母。《詩經》〈小雅．小宛〉：「夙興夜寐，無忝爾所生。」

㊲**紱冕之緒**：紱，音同「扶」，繫印環之絲繩。冕，大夫以上之禮冠。緒，事業。

㊳**讓爵**：指不應辟召而言。惠棟曰：「《抱朴子》云：獻帝時鄭康成州辟舉賢良方正、茂才，公府十四辟皆不就，公車徵右中郎博士、趙相、侍中、大司農，皆不就。」

㊴**論贊之功**：謂論說贊助儒學之功。

㊵**禮堂**：即講堂。講堂爲習禮之地，故亦稱禮堂。

㊶**傳與其人**：其人，謂好學之人。

㊷**差多**：意謂略爲寬裕。

㊸**勤力務時**：謂勤勉力作，務求及時。

㊹**尚**：庶幾。

㊺**忽忘不識**：謂輕忽遺忘而不記。識，音同「至」。

【作者】

鄭玄，字康成，東漢北海郡高密（故城在今山東高密縣西南）人。生於順帝永建二年，卒於獻帝建安五年（西元一二七——二〇〇年），年七十四。

玄少爲鄉嗇夫，掌收賦稅雜事。有志於學，不樂爲吏。遂造太學受業，師事京兆第五元先，又從東郡張恭祖受《周官》、《禮記》、《左氏春秋》、《韓詩》、《古文尚書》。以山東無足問者，乃西入關，事扶風馬融，盡傳所學。及辭歸，融喟然謂門人曰：「鄭生今去，吾道東矣！」家貧，客耕東萊，學徒相隨已數百人。黨禍起，被禁錮十四年，仍教授不輟。靈帝末，黨禁解，大將軍何進辟之，玄一宿逃去。孔融爲北海相，尊其鄉曰：「鄭公鄉」，爲廣開門衢，號曰通德門。黃巾寇青郡，相約不入縣境。獻帝建安三年，公車徵爲大司農，以病乞歸。五年六月，卒於元城縣（今河北省大名縣）。

玄所注有《周易》、《尚書》、《毛詩》、《儀禮》、《禮記》等，又著《六藝論》、《毛詩譜》等，凡百餘萬言。門生復纂輯玄答諸弟子問五經，依《論語》作《鄭志》八篇。

【題解】

《後漢書》〈鄭玄傳〉云：「玄嘗疾篤，自慮，以書戒子益恩。」又云：「玄惟有一子益恩，孔融在北海，舉爲孝廉。及融爲黃巾所圍，益恩赴難隕身。有遺腹子，玄以其手文似己，名之曰小同。」此書主旨在告老傳家於其子益恩，而自敘生平出處大端，傳經志業，及立身承家之道，用致戒勉。文分六段：首段敘遊歷學業。次段敘出處年歲。三段告老傳家。四段教子力學敦行。五段自敘志事未竟。六段戒子勤儉承家。

【翻譯】

我家過去很貧窮，因爲得到父母和兄弟的包容，才能辭去在衙門裏供人使喚的工作，到東周、秦朝的首都—洛陽、咸陽遊學，來往於幽、并、兗、豫（今河北、山西、山東、河南、安徽）等州；有幸拜見居高位又博學的通達之士，還受教於隱居的學者。只要是志同道合者我都執經請益，他們也不吝給予指導。就這樣，我廣泛地考證了《詩》、《書》、《禮》、《樂》、《易》、《春秋》等典籍，粗略地閱讀了一些傳記，不時還能看到宮中藏書，略窺緯書圖讖的奧秘。四十歲以後，我才回家奉養父母，租田耕種，陪伴父母歡度歲月。

後來遇到宦官專權，我被加以「黨人」罪名，禁錮不使任官；十四年後才得到朝廷大赦。郡國舉士，我被選拔入賢良方正科、有道科，大將軍三公府官署又再徵召。當時與我一起被列名在官文書中的人，早就做了宰相。只是他們幾位都是有美德又有見識與大才，堪爲國之大臣，適宜在重用之列。我自己深思過，我的志向不在做官；我只想繼述先聖先賢學說中的深意，統整諸子百家解說紛紜的典籍，這也是我最能盡力施展才華的工作。因此，我未應召去做官。之後，黃巾之亂四起，我如浮萍般南北漂流不定，等到再回到家鄉。到今年，算算已經七十歲了。

我身體一向就不太好，最近時有狀況。依照《禮記》〈曲禮〉「七十老而傳」的說法，家務應傳諸子孫。現在我告訴你，我年紀已經老了，家事都交代給你了；我要悠閒度日怡情養性，深思一些學術上的問題，以此終老。除非拜受國君的詔命，探問親戚的喪事，祭拜祖先墳墓，欣賞野外風光，我何曾拿著拐杖出門呢？所以家中大小的事，你都要一肩承擔。

唉！你孤單一人，沒有同胞兄弟可以依靠，就更要勉勵自己努力探求君子之道，深入鑽研修養，不可放棄；容儀舉止要恭敬謹慎，接近有道德的人。聲名遠播需要朋友同事的推崇，高尚品德則要靠自己立志完成。你若有美名顯揚於世，父母也深感榮耀。你怎能不細細深思呀！你怎能不細細深思呀！

我雖然沒有朝廷上的官職功業，但屢次不接受官府徵召，也算是頗有讓爵的高風。我最快樂的是，在經典整理評述上的成績，也算對後人有所交代。最後讓我放心不下的，只是雙親墳墓尚未築成；喜好的書籍，大都腐朽破敗，不能在書房寫成定稿，傳給有心治學的後人。我已年邁，日薄西山，還有完成心願的時間嗎？

現在家境比以前好些，只有勤奮努力，不荒費時光，就不必擔憂衣食。吃的食物，穿的衣服，要簡單樸素，這兩點做到，我就少了許多掛念。如果你忽視淡忘不放在心上，那就算了吧！

登樓賦

王粲

【原文】

登茲樓①以四望兮，聊暇日以銷憂。覽斯宇②之所處兮，實顯敞而寡仇③。挾清漳之通浦④兮，倚曲沮之長洲⑤。背墳衍之廣陸⑥兮，臨皋隰之沃流⑦。北彌陶牧⑧，西接昭丘⑨。華實⑩蔽野，黍稷盈疇⑪。雖信⑫美而非吾土兮，曾何足以少留⑬！

遭紛濁而遷逝⑭兮，漫踰紀以迄今⑮。情眷眷⑯而懷歸兮，孰憂思之可任⑰，憑軒檻⑱以遙望兮，向北風而開襟。平原遠而極目⑲兮，蔽荊山之高岑⑳。路逶迤而修迥㉑兮，川既漾而濟深㉒。悲舊鄉之壅隔㉓兮，涕橫墜而弗禁。昔尼父之在陳兮，有歸與之歎音㉔。鍾儀幽而楚奏㉕兮，莊舃顯而越吟㉖，人情同於懷土㉗兮，豈窮達㉘而異心？

唯日月之逾邁㉙兮，俟河清其未極㉚。冀王道之一平兮，假高衢而騁力㉛。懼匏瓜之徒懸兮，畏井渫之莫食㉜。步棲遲以徙倚㉝兮，白日忽其㉞將匿。風蕭瑟而並興兮，天慘慘而無色。獸狂顧以求群兮，鳥相鳴而舉翼，原野闃其無人㉟兮，征夫行而未息。

心悽愴以感發兮，意忉怛而憯惻㊱。循階除㊲而下降兮，氣交憤於胸臆㊳。夜參半㊴而不寐兮，悵盤桓以反側㊵。

【註釋】

①**茲樓**：指湖北省當陽縣城樓。劉宋盛弘之《荊州記》：「當陽縣城樓，王仲宣登之而作賦。」

②**斯宇**：宇，屋邊也。斯宇，即此樓之宇。

③**顯敞寡仇**：猶言高顯無匹。敞，高顯也，仇，匹也。

④**挾清漳之通浦**：《文選》李善注：「挾，猶帶也。」此處可解作連。漳，水名，源出湖北省南漳縣西南，東南流經鍾祥、當陽二縣，合沮水，又東南流，注於長江。通，達也。浦，水濱也。通浦，謂通達無阻之水邊陸地。

⑤**倚曲沮之長洲**：倚，依靠。此作「靠近」講。沮，水名，源出湖北省保康縣西南景山，東南流經遠安、當陽二縣，受漳水，又東南流至江陵入長江。沮亦作雎，音同「居」。洲，水中可居之地。

⑥**背墳衍之廣陸**：背，後也。此作動詞用。有「後面靠著」之意。墳，青幽之間，凡土而高且大者謂之墳，見《方言》。下平曰衍，見《左傳》襄公二十五年注。此處墳衍為複詞，作高大講，用以修飾「廣陸」。廣陸，即廣闊之原野。

⑦**臨皋隰之沃流**：臨，自高下視也。此與上句「背」字相對爲文，可作「前面望著」講。皋，水邊地也。隰，音同「昔」，下濕曰隰。此處皋隰亦爲複詞，作低濕講，用以修飾「沃流」。沃流之流，似指流域言，意即肥沃之流域。

⑧**北彌陶牧**：彌，終也，謂終極也，見《爾雅》〈釋言〉。陶，指陶朱公墓。李善注引盛弘之《荊州記》：「江陵縣西有陶朱公冢，其碑云：『越之范蠡，而終於陶。』」郊外曰牧，見《爾雅》〈釋地〉。

⑨**西接昭丘**：李善注引《荊州圖記》：「當陽東南七十里，有楚昭王墓，登樓則見，所謂昭丘。」

⑩**華實**：華，古花字。《顏氏家訓》：「春玩其華，秋登其實。」

⑪**黍稷盈疇**：黍、稷並禾本科植物名。《本草綱目》李時珍曰：「稷與黍一類二種也。黏者爲黍，不黏者爲稷，稷可作飯、黍可釀酒。」疇，已耕治之田也。

⑫**信**：誠也，見《說文》。

⑬**曾何足以少留**：曾，乃也，則也。少留，稍留。

⑭**遭紛濁而遷逝**：紛濁，紛亂、混濁之意；遷逝，移徙、遷往之意。此處指作者因遭逢世亂，西京紛擾，乃避居荊州，依劉表也。

⑮**漫踰紀以迄今**：漫，悠長。踰，超過。紀，十二年。《國語》〈晉語〉：「畜力一紀。」注：「十二年歲星一周爲一紀。」迄，至也。《詩經》〈大雅．生民〉：「以迄于今。」此言作者至荊州已超過十二年。

⑯**眷眷**：與睠睠同。《詩經》〈小雅．小明〉：「睠睠懷顧。」陳奐《詩毛氏傳疏》：「睠，反顧

貌；重言曰晻晻。」

⑰**任**：當也。

⑱**軒檻**：李善注引韋昭曰：「軒檻，殿上欄；軒，上板也。」此處指樓前之欄杆而言。

⑲**極目**：眺望及遠，窮盡其目力之意。《楚辭》〈招魂〉：「目極千里兮傷春心。」

⑳**蔽荊山之高岑**：荊山，山名，在湖北省南漳縣西，爲漳水所從出。岑，山小而高曰岑，見《爾雅》〈釋山〉。

㉑**路逶迤而修迥**：逶迤，複詞，長貌。修，長也；迥，音同「窘」，遠也。

㉒**川既漾而濟深**：漾，水長貌。濟，渡也。

㉓**壅隔**：阻塞也。

㉔**昔尼父之在陳兮，有歸與之歎音**：尼父，稱孔子也。《禮記》〈檀弓〉：「魯哀公誄孔丘曰：『天不遺耆老，莫相予位焉，嗚呼哀哉尼父！』」注：「尼父，因其字以爲諡。」歸歟，出《論語》〈公冶長篇〉：「子在陳曰：『歸與！歸與！』」與，今作歟，感歎詞。

㉕**鍾儀幽而楚奏**：《左傳》成公九年：「晉侯觀於軍府，見鍾儀，問曰：『南冠而縶者，誰也？』有司對曰：『鄭人所獻楚囚也。』使稅（脫）之，問其族，對曰：『伶人也。』使與之琴，操南音。范文子曰：『樂操土風，不忘舊也。』」幽，即縶也。

㉖**莊舃顯而越吟**：《史記》〈張儀列傳〉：「越人莊舃仕楚執珪，有頃而病。楚王曰：『舃，故越之鄙細人也。今仕楚執珪，富貴矣。亦思越不？』中謝（侍御之官）對曰：『凡人之思故，在其病也，彼思越則越聲，不思越則楚聲。』使人往聽之，猶尚越聲也。」

㉗**懷土**：思念故土。
㉘**窮達**：此處窮達呼應上文之幽顯。
㉙**唯日月之逾邁**：唯，與惟通，思也。逾邁，逝去之意。《尚書》〈秦誓〉：「日月逾邁，若弗云來。」
㉚**俟河清其未極**：《左傳》襄公八年：「周詩有之曰：『俟河之清，人壽幾何？』」注：「逸詩也。」後遂以河清難俟喻時久難待。此處以河清喻治世。其，句中語詞，用以表測度語氣，極，至也，見《爾雅》〈釋詁〉。
㉛**冀王道之一平兮，假高衢而騁力**：王道，王者之正道也。《尚書》〈洪範〉：「正道正直。」正直，不偏邪也。高衢，大道也，借喻高位。騁，馳也。謂希冀王道平治天下，則猶可自奮其才力以馳騁於仕路也。
㉜**懼匏瓜之徒懸兮，畏井渫之莫食**：匏瓜，瓠也。善注：「《論語》（〈陽貨篇〉）子曰：『吾豈匏瓜也哉？焉能繫而不食！』鄭玄曰：『我非匏瓜，焉能繫而不食者，冀往仕而得祿。』《周易》：『井渫不食，爲我心惻。』鄭玄曰：『謂已浚渫也，猶臣修正其身以事君也。』」渫，音同「洩」，除去也，見《說文》。段玉裁《說文解字注》：「井九三曰：『井渫不食。』荀爽曰：『渫，去穢濁，清潔之意也。』」此二句，上句意謂深恐永無出仕之機會，將如匏瓜之徒懸；下句意謂深恐己雖修正其身，而人主仍不任用，如已除去穢濁之井，人仍不汲用。
㉝**步棲遲以徙倚**：《詩經》〈陳風．衡門〉：「衡門之下，可以棲遲。」《毛傳》：「棲遲，遊息也。」《楚辭》〈哀時命〉：「然隱憫而不達兮，獨徙倚而彷徉。」注：「徙倚，猶低徊也。」

此處謂遊息徘徊於城樓之上。

㉞**忽其**：與「忽然」同義。

㉟**闃其無人**：闃，音同「趣」，靜也，見《說文》；靜，無人也，見《玉篇》。《易經》〈豐卦〉上六：「闚其戶，闃其無人。」此句本此。

㊱**意忉怛而憯惻**：忉，音同「島」；怛，音同「達」。忉怛，悲傷之意。《文選》〈李陵答蘇武書〉：「異方之樂，祇令人悲，增忉怛耳。」善注：「《爾雅》曰：忉，憂也；《方言》曰：怛，痛也。」憯，音同「慘」；惻，音同「冊」。憯、惻二字，《說文》皆訓痛，亦悲痛之意。

㊲**除**：善注：「司馬彪〈上林賦〉注曰：除，樓階也。」

㊳**氣交憤於胸臆**：善注：「杜預《左氏傳》注曰：『交，戾也。』王逸《楚辭》注：『憤，懣也。』」臆，胸也，見《說文》。此句言乖戾憤懣之氣，積於胸中。

㊴**夜參半**：即夜半、夜分之意。參，音同「餐」，分也，見《方言》。

㊵**悵盤桓以反側**：盤桓，猶徘徊。反側，猶反覆。《詩經》〈周南．關雎〉：「悠哉悠哉！輾轉反側。」謂反覆不能成寐也。

【作者】

王粲，字仲宣，東漢山陽高平（在今山東鄒縣西南）人。生於靈帝熹平六年，卒於獻帝建安二十二年（西元一七七——二一七年），年四十一。

曾祖龔，祖暢，皆為漢三公，父謙為大將軍何進長史。獻帝西遷，粲徙長安，左中郎將蔡邕見而奇之。時邕才學顯著，常賓客盈坐，聞粲在門，倒屣迎之，粲年幼短小，一座盡驚。邕曰：「此有異才，吾不如也。」後以西京擾亂，乃避地至荊州，依劉表。及表卒，粲勸表子琮降曹操，已亦歸附之。魏國既建，拜侍中。建安二十一年，從征吳；明年春，道病卒。粲博學多識，問無不對。善屬文，舉筆便成，無所改定，時人疑為宿構，然正復精意覃思，亦不能加也，著詩賦論議，垂六十篇。為建安七子之一。

【題解】

本篇為抒情文之辭賦類。仲宣生逢離亂，懷才莫展，避地荊州依劉表，既不為表所重，而表亦不足與有為，久寄異鄉，心懷故土。偶登當陽城樓覽景，因作此賦，以抒憂思。全篇分三段，凡三易其韻。首段言登樓遙望，本欲銷憂，惟景物雖美，而非故土，反增離愁。次段言遷徙逾紀，眷眷懷歸，而山川阻隔，欲歸不得，憑軒極目，憂思難任。蓋人情同於懷土，不因窮達而異心也。末段言河清難俟，太平盛世，不知何時得覩，自傷騁力無由。白日西匿，風悲天慘，獸走鳥鳴，隱喻時事，觸景傷情，義兼比興，自是騷人本旨。

【翻譯】

登上這座城樓向四面眺望，藉著閒暇的時間來銷憂解愁。看看樓宇所處的位置，實在是明亮寬敞，少有比得上的。此地接連著清澈的漳水，有四通八達的水路，緊靠著曲折沮水中狹長的沙洲。背後是高平而廣闊的原野，前方面臨的是低溼而肥沃的流域。向北可通到陶朱公的墓地所在的郊野，西面則和楚昭王的墓丘相連。漫山遍野都是花果，黍稷滿田疇。這樣的景致實在優美，但卻不是我的故鄉，有什麼值得我片刻的停留呢？

遭逢亂世而飄泊流離，至今已超過漫長的十二年了。我一心眷戀著故鄉，盼望著回去，有誰能忍受這鄉愁的煎熬呢？靠著樓邊的欄杆上遙望，對著北風敞開我的衣襟。眼前的平原那麼遼闊，我極力遠望，卻被高聳的荊山遮斷了視線。回鄉的道路那樣曲折綿延，河水既長且深。悲痛著故鄉在山水阻隔的那一方，止不住淚水縱橫。從前孔子被困在陳國，曾發出「回去吧！」的悲嘆。鍾儀被囚禁在晉國，依然奏著楚國的音樂。莊舄在楚國做官顯貴，病中呻吟的，依然是越國的語音。懷念故鄉是人之常情，怎會因際遇困厄或顯達而有不同呢？

想到光陰的流逝，等待的太平治世不知要哪一天才能到來。但願天下太平，使我好在高位上一展才能。我擔心自己和瓠瓜一樣徒然繫掛在架上，不被食用；又擔心像浚洗潔淨的水井卻不被人們汲用。在城樓上徘徊了許久，不知不覺，太陽已快要下山了，蕭瑟的寒風從四面吹來，天色變得慘淡昏暗。野獸慌忙四顧尋覓同伴，鳥兒也爭相鳴叫展翅飛散。原野中一片靜寂了無人跡，只有遠行的人還在不斷地趕路。這景象使我心中哀傷感慨萬千，心裏有無限的痛苦和感傷。沿著樓梯慢慢走下來，憤懣不平之氣充滿了胸中，直到夜半仍思緒起伏，翻來覆去無法成眠。

出師表

諸葛亮

【原文】

臣亮言①：先帝②創業未半，而中道崩殂③！今天下三分④，益州罷弊⑤，此誠危急存亡之秋⑥也。然侍衛之臣，不懈於內；忠志⑦之士，忘身於外者，蓋追先帝之殊遇⑧，欲報之於陛下⑨也。誠宜開張聖聽⑩，以光⑪先帝遺德，恢宏⑫志士之氣；不宜妄自菲薄⑬，引喻失義⑭，以塞忠諫之路也。

宮中府中⑮，俱爲一體⑯，陟罰臧否⑰，不宜異同⑱。若有作姦犯科⑲及爲忠善者，宜付有司論其刑賞⑳，以昭陛下平明之治；不宜偏私，使內外異法也。

侍中、侍郎郭攸之、費禕、董允㉑等，此皆良實㉒，志慮忠純，是以先帝簡拔㉓以遺陛下。愚以爲宮中之事，事無大小，悉以咨㉔之，然後施行，必能裨㉕補闕漏，有所廣益。將軍向寵㉖，性行淑均㉗，曉暢軍事，試用於昔日，先帝稱之曰「能」，是以眾議舉寵爲督㉘。愚以爲營中之事，悉以咨之，必能使行陣㉙和睦，優劣得所㉚。親賢臣，遠小人㉛，此先漢㉜所以興隆也；親小人，遠賢臣，此後漢㉝所以傾頹也。先帝在時，每與臣論此事，未嘗不歎息痛恨於桓靈㉞也。侍中㉟、尚書㊱、長史㊲、參軍㊳，此悉貞良死節㊴之臣也，願陛下親之信之，則漢室之隆，可計日而待也。

臣本布衣㊵，躬耕於南陽㊶，苟全性命於亂世，不求聞達㊷於諸侯。先帝不以臣卑鄙，猥自枉屈㊸，三顧㊹臣於草廬之中，諮臣以當世㊺之事。由是感激，遂許先帝以驅馳㊻。後值傾覆㊼，受任於敗軍之際，奉命於危難之間，爾來二十有一年㊽矣！先帝知臣謹慎，故臨崩寄臣以大事㊾也。受命以來，夙夜憂勤㊿，恐託付不效(51)，以傷先帝之明(52)，故五月渡瀘(53)，深入不毛(54)。今南方已定，兵甲已足，當獎率三軍，北定中原，庶竭駑鈍(55)，攘除姦凶(56)，興復漢室，還於舊都(57)；此臣所以報先帝而忠陛下之職分也。至於斟酌損益(58)，進盡忠言，則攸之、褘、允之任也。願陛下託臣以討賊興復之效(59)，不效，則治臣之罪，以告先帝之靈。若無興德之言(60)，則戮允等，以彰其慢(61)。陛下亦宜自課(62)，以諮諏(63)善道，察納雅言(64)，深追先帝遺詔(65)。臣不勝受恩感激。今當遠離，臨表涕泣，不知所云(66)。

【註釋】

①**臣亮言**：臣亮，作者自稱。言，上言、上奏也。

②**先帝**：指蜀漢昭烈帝劉備。業已逝世，故稱先帝。備字玄德，東漢末涿郡人，入蜀即帝位於成都，在位三年，崩於白帝城，謚昭烈，史稱先主。

③**中道崩殂**：中道，猶言半途、中途。天子死曰崩，言如山岳之崩，天下爲之震動也。殂，死亡也。

④**天下三分**：曹魏占領華北，建都洛陽；孫吳據有東南，建都建業（今南京市）；與建都成都之蜀漢三分天下，史稱三國。

⑤**益州罷弊**：益州，後漢州名，統轄今四川全省地，爲蜀漢國土之主要部分。罷，讀爲「疲」，古字通用；弊，破敗之意。劉備伐吳失利，後又用兵南蠻，征兵征糧，故人力物力，均感疲弊。

⑥**危急存亡之秋**：秋，猶言時，謂國家面臨危急可存可亡之時。

⑦**忠志**：猶言忠心。

⑧**殊遇**：特殊優厚之待遇。

⑨**陛下**：指階陛侍衛之士。臣民尊崇天子，進言時，不敢向天子直陳，懇請侍衛轉達。故即稱天子爲陛下，所以示敬也。

⑩**開張聖聽**：廣開言路，擴大見聞。尊天子，故曰聖。

⑪**先**：光大也。

⑫**恢宏**：擴大也。

⑬**不宜妄自菲薄**：妄，錯亂也，菲，音同「翡」，亦薄也。言不當任意看輕自己，認為國土狹隘，不能恢復中原。

⑭**引喻失義**：引證比喻之事實，不合義理，例如引用公孫述、劉璋一類失敗往事，以為蜀漢不能恢復進取之證據，將令志士氣餒，忠臣不敢進言也。

⑮**宮中府中**：宮中，指後主宮處；府中，指丞相府。

⑯**一體**：猶言同體、一身。

⑰**陟罰臧否**：陟，音同「志」，擢升。罰，懲罰。臧否，善惡。臧，音同「髒」；否，音同「匹」。品評善惡，亦謂之臧否。

⑱**不宜異同**：言不宜有異。異同為慣用連語，故口中言「異同」，而意僅取「異」之義。

⑲**作姦犯科**：作惡事，犯法令也。科，法令科條也。

⑳**宜付有司論其刑賞**：有司，官吏也。職有所司，故稱有司。論，謂判定功罪。

㉑**侍中、侍郎郭攸之、費褘、董允等**：侍中、侍郎，皆天子左右侍從之臣。侍中，分掌乘輿服物，贊儀護駕。侍郎有數種，此指黃門侍郎，掌侍從左右，傳達內外。郭攸之，南陽人；費褘（褘音同「一」），字文偉，江夏人；時均為侍中。董允，字休昭，南郡人，時為侍郎。

㉒**良實**：賢良忠實。

㉓**簡拔**：簡，選擇。拔，拔取。

㉔**咨**：詢問。
㉕**裨**：音同「必」，助益也。
㉖**將軍向寵**：襄陽宜城人。《三國志》〈向朗傳〉：「朗兄子寵，先主時爲牙門將。秭歸之敗，寵營特完，故先主稱之曰能。」
㉗**淑均**：賢善公平。
㉘**舉寵為督**：後主建興元年，向寵爲都督。
㉙**行陣**：行列隊伍。行音同「航」，
㉚**優劣得所**：得所，得當、得宜也。言寵用人公明，始人才無論優劣強弱，皆得適當之位置，能人盡其才也。
㉛**遠小人**：疏遠小人。遠，作動詞用，音同「怨」，離開之意。
㉜**先漢**：指漢朝前段強盛之時。
㉝**後漢**：指東漢末朝。
㉞**桓靈**：東漢桓帝劉志、靈帝劉宏，皆昏荒無道，信任宦官外戚，政治腐敗，官吏貪污，以致民不聊生，盜賊四起。
㉟**侍中**：指郭攸之、費禕。
㊱**尚書**：指陳震。《三國志》〈陳震傳〉：「震字孝起，南陽人。建興三年，拜尚書，遷尚書令。」
㊲**長史**：指丞相府長史張裔。《三國志》〈張裔傳〉：「裔，字君嗣，蜀郡成都人。亮出駐漢中，裔以射聲教尉領留府長史。」

㊳**參軍**：指蔣琬。《三國志》〈蔣琬傳〉：「琬字公琰，零陵湘鄉人。建興元年，丞相亮開府，辟琬爲軍曹掾，舉茂才，遷爲參軍。五年，亮往漢中，琬與長史張裔統留府事。」

㊴**貞亮死節**：貞，堅定不移。亮，誠信不欺。死節，殉節。

㊵**布衣**：古代平民服麻布所製之衣，故稱平民爲布衣。平民必須至老年始可衣絲織品。

㊶**躬耕於南陽**：躬耕，親自耕種。南陽，漢南陽郡，轄有舊南陽、襄陽兩府地。亮居南陽郡西境，距湖北襄陽縣城西二十里，號曰隆中。

㊷**不求聞達**：不求名位。聞，謂名譽。達，謂顯達居上位。《論語》〈顏淵篇〉：「在邦必聞。」又曰：「在邦必達。」

㊸**猥自枉屈**：猥，音同「偉」。王念孫曰：「猥，猶猝也。」朱駿聲曰：「猥，發聲之詞。」一說：「猥，猶辱也。」枉屈，委屈，降低身分之意。劉備曾任高官，又爲皇室，名滿天下。親身拜訪二十餘歲之平民，故曰「猥自枉屈」。

㊹**三顧**：三次求見。

㊺**當世**：猶言當代、現代。

㊻**驅馳**：奔走效力。

㊼**傾覆**：猶言失敗。指漢獻帝建安十三年（西元二〇八年），先主在湖北當陽長坂坡爲曹操所敗，棄兵逃走之事。

㊽**爾來二十有一年**：爾來，爾，言「如此」；來，言「至今」。先主自建安十二年（西元二〇七年），三請諸葛武侯，至建興五年（西元二二七年）出師時，首尾共二十一年。

㊾**臨崩寄臣以大事**：章武三年（西元二二三年）四月先主病危，召亮託以後事，曰：「君才十倍曹丕，必能安國，終建大業。」又敕後主曰：「汝與丞相從事，事之如父。」
㊿**夙夜憂勤**：早晚憂慮勤勞。
51**不效**：不成功。
52**先帝之明**：先帝知人之明。
53**五月渡瀘**：雅礱江之下游名曰瀘水，在四川會理縣西南入金沙江，二水合流之下，即諸葛渡瀘處。一說：瀘水在今四川越巂縣下三百里，爲入滇必經之道。《益州記》曰：「瀘水兩峰有殺氣，暑月舊不行，故武侯以夏渡爲艱。」按：後主建興元年夏，牂牁郡（今貴州省遵義、石阡、思南等縣地）太守朱褒叛亂，益州大族雍闓、越巂夷族首領高定亦叛。武侯建興三年五月南征，全部亂事均告敉平。
54**不毛**：即不毛之地。毛，草木也。瘠土不生五穀曰不毛。此處指蠻荒之地。
55**駑鈍**：駑音同「奴」。劣馬，謂之駑。兵器不銳利，謂之鈍。駑鈍，猶言才能低劣，作者自謙之詞。
56**攘除姦凶**：攘除，排除、消滅。姦凶，邪惡之人，指曹魏。
57**舊都**：指西漢都城長安及東漢都城洛陽。
58**斟酌損益**：斟，音同「珍」。酌酒曰斟，引伸有採取之意。採取事物，當考慮量度，故又引伸爲量度之意。損，減少。益，增多。
59**興復之效**：興復之任務。效爲名詞；下句「效」爲動詞，義爲成功。

⑩**興德之言**：增進德行之嘉言。

⑪**則戮允等，以彰其慢**：戮，音同「鹿」，殺也。彰，表明。慢，怠慢職守。此句，〈諸葛亮傳〉作「則攸之、禕、允等之慢，以彰其咎」；〈董允傳〉作「若無興德之言，則戮允等，以彰其慢」。推詳文義，允傳為長。

⑫**自課**：《昭明文選》作自課。課，試也，考也。自課言自考察。〈諸葛亮傳〉作自謀，不及作「自課」之警切。

⑬**諮諏**：諮，音同「茲」，問也；諏，音同「鄒」，謀也。諮諏，言訪問謀求也。

⑭**雅言**：正言。

⑮**深追先帝遺詔**：深切追念先帝臨終遺詔。《諸葛丞相集》載先主遺詔敕後主略云：「人五十不為夭，吾年已六十有餘，何所復恨，但以卿兄弟為念。勉之！勉之！勿以惡小而為之，勿以善小而不為。惟賢惟德，為能服人，汝父德薄，不足效也。」

⑯**不知所云**：不知所言為何，蓋由感傷之極。

【作者】

諸葛亮，字孔明，後漢瑯琊郡陽都縣（故城在今山東省沂水縣南）人。生於漢靈帝光和四年，卒於後主建興十二年（西元一八一－二三四年），年五十四歲。

亮少孤，隨叔父玄往依荊州牧劉表，因家於南陽之鄧縣，隱居隆中，躬耕隴畝。好爲〈梁父吟〉，每自比於管仲、樂毅，時人莫之許也。惟博陵崔州平、穎川徐庶與亮友善，謂爲信然。時劉備屯新野，庶往見，備器重之。庶謂備曰：「諸葛孔明者，臥龍也。將軍豈願見之乎？」備曰：「君與俱來。」庶曰：「此人可就見，不可屈致也，將軍宜枉駕顧之。」由是備遂詣亮，凡三往乃見。亮因勸備先取荊州、益州爲根據，再圖復興漢室。備善之，於是與亮情好日密，嘗曰：「孤之有孔明，如魚之有水。」後操軍南下，亮說孫權并力大破之於赤壁。既定荊州，復平巴蜀，拜亮爲軍師將軍。備即帝位，進位丞相。章武三年，帝伐吳，失利，病篤，召亮，屬以後事，曰：「君才十倍曹丕，必能安國，終定大事。若世子可輔，輔之；如其不才，君可自取。」亮涕泣曰：「臣敢不竭股肱之力，效忠貞之節，繼之以死！」帝崩，太子禪即位，封亮爲武鄉侯。於是外連東吳，內平南越，躬率部曲，北伐曹魏，卒以軍糧不繼，壯志難伸，於建興十二年，以疾病卒於軍中，諡曰忠武。

西晉陳壽嘗編次其文章爲《諸葛氏集》，且爲之評曰：「諸葛亮之爲相國也，撫百姓，示儀軌，約官職，從權制，開誠心，布公道。盡忠益時者，雖讎必賞；犯法怠慢者，雖親必罰；服罪輸情者，雖重必釋；游詞巧飾者，雖輕必戮；善無微而不賞，惡無纖而不貶。庶事精練，物理其本，循名責實，虛僞不齒。終於邦域之內，咸畏而愛之。

刑政雖峻，而無怨者，以其用心平而勸戒明也。可謂識治之良才，管蕭之亞匹矣！」陳氏之言，非虛譽也。

【題解】

《三國志》〈諸葛亮傳〉云：「建興五年，率諸軍北駐漢中，臨發上疏。」所上之疏，即此出師表是也。其後復有一表流傳，俗謂之〈後出師表〉，因稱此篇為〈前出師表〉（古代言事於主，皆稱上書。秦初改書曰奏，漢定為章、奏、表、議四種：章以謝恩，奏以按劾，表以陳情，議以執異。《釋名》：「下言上曰表，思之於內，表施於外也。」）。全篇大旨以「親賢臣遠小人」勖後主，而以討漢賊、復舊都自誓。文中稱先帝凡十三次之多，蓋老臣口吻，既以明己與先帝深厚之友情；且引用先帝遺訓，足使嗣君增其警惕。忠摯深切之情，語語從肺腑中流出，後人謂「讀〈出師表〉而不流涕者，其人必不忠」，亦可見其感人之深矣。

【翻譯】

臣亮上奏：先帝創業還未完成，就在中途過世了。現在天下分為三國，益州財力、人力困乏，這實在是生死存亡的緊要關頭。然而皇上身邊臣子，在朝廷內盡忠職守不敢懈怠；忠誠的將士，在朝廷外捨身爲國效命，這是爲了追念先帝對他們的特別的知遇之恩，想要報答在陛下您身上啊！陛下實在應該擴大聖明的聽聞，來發揚光大先帝的遺德，振奮仁人志士的勇氣，不應當任意看輕自己，引證譬喻不恰當，以致阻塞了忠臣進諫的道路。

皇宮中和朝廷的大臣，本都是一個整體，賞善罰惡不應標準不同。如果有爲非作歹、觸犯法令的，或是盡忠行善的人，就應該交給主管的官吏去判定刑賞，以顯示陛下您公正開明的治理原則，不應該有偏袒和私心，使得皇宮內和朝廷有兩種不同的法制。

侍中郭攸之、費禕，侍郎董允等人，都是忠良信實的人，他們心志忠誠、謀事專一，因此先帝挑選拔擢他們，輔佐陛下。我認爲宮中的事，無論大小，都能和他們商量，然後再去實行，一定能夠彌補缺點和疏漏之處，可以獲得很多好處。將軍向寵，秉性善良，行事公正，精通軍事，從前任用時，先帝稱讚他有才幹，因此大家決議推舉他爲中部督。我認爲軍隊中的事情，都可以跟他商量，一定能使軍隊團結一心，無論賢愚優劣都安置在適當的位置。親近賢臣，遠離小人，這是西漢興盛的原因；親近小人，遠離賢臣，這是東漢衰敗的緣故！先帝在世時，每次跟我談到這些事，沒有一次不對桓、靈二帝的做法感到痛心遺憾的。侍中郭攸之、費禕，尚書陳震，常史張裔，參軍蔣琬，這些都是忠貞信實，能爲節義而死的臣子，希望陛下親近他們、信任他們，那麼漢朝的興隆就指日可待了。

我本來是個平民，在南陽務農親耕，在亂世中苟且保全性命，不奢求在諸侯中出名。先帝不因爲我身分卑微，見識短淺，他降低身分委屈自己，三次去我的草廬拜訪我，徵詢我對時局的意見，我爲此十分感動，就答應爲先帝奔走效勞。後來遇到兵敗，我在此時接受任務，在危難中奉命籌劃，從那時到現在已有二十一年了。先帝知道我做事小心謹愼，所以臨終時把國家大事託付給我。接受遺命以來，我早晚憂愁嘆息、勤於政事，只怕先帝託付給我的任務不能實現，以致損傷先帝的知人之明。所以我五月渡過瀘水，深入人煙稀少的地方。現在南方已平定，兵源裝備已充足，應當激勵、率領全軍將士，向北方進軍，平定中原，希望竭盡我平庸的才能，剷除奸邪兇惡的敵人；恢復漢朝的基業，回到舊日的國都洛陽。這就是我用來報答先帝，並且盡忠陛下的職責本分。至於處理事務，斟酌情理，有所興革，毫無保留地進獻忠誠的建議，那就是郭攸之、費禕、董允等人的責任了。希望陛下把討伐曹魏、興復漢室的任務交付給我，如果不成功，就懲治我的罪過，用來告慰先帝在天之靈。如果沒有振興聖德的建議，就責罰郭攸之、費禕、董允等人的怠慢，來揭示他們的過失。陛下也該自我省察，向群臣徵求詢問治國良方，採納正確的言論，深切追念先帝的遺詔。我感激不盡。現在我要告別陛下遠行了，面對這份奏表禁不住熱淚縱橫，感慨至極，不知道自己說了些什麼。

典論論文

曹丕

【原文】

文人相輕，自古而然[1]。傅毅[2]之於班固[3]，伯仲之間耳；而固小之[4]，與弟超[5]書曰：「武仲以能屬文[6]爲蘭臺令史[7]，下筆不能自休[8]。」夫人善於自見[9]，而文非一體，鮮能備善，是以各以所長，相輕所短。里語[10]曰：「家有敝帚，享之千金[11]。」斯不自見之患[12]也。今之文人：魯國孔融文舉[13]，廣陵陳琳孔璋[14]，山陽王粲仲宣[15]，北海徐幹偉長[16]，陳留阮瑀元瑜[17]，汝南應瑒德璉[18]，東平劉楨公幹[19]：斯七子[20]者，於學無所遺，於辭無所假，咸自以騁驥騄於千里，仰齊足而並馳[21]。以此相服，亦良難矣！蓋君子審己以度人，故能免於斯累，而作論文。

王粲長於辭賦，徐幹時有齊氣[22]，然粲之匹也。如粲之〈初征〉、〈登樓〉、〈槐賦〉、〈征思〉[23]，幹之〈玄猿〉、〈漏卮〉、〈圓扇〉、〈橘賦〉[24]，雖張、蔡[25]不過也。然於他文，未能稱是[26]。琳、瑀之章表書記[27]，今之儁也。應瑒和而不壯；劉楨壯而不密。孔融體氣高妙，有過人者；然不能持論，理不勝辭；以至乎雜以嘲戲㉘；及其所善，揚、班㉙儔也。

常人貴遠賤近，向聲背實㉚；又患闇於自見㉛，謂己爲賢。夫文本同而末異，蓋奏議宜雅，書論宜理，銘誄尚實㉜，詩賦欲麗。此四科不同，故能之者偏也；唯通才能備其體㉝。

文以氣爲主，氣之清濁有體㉞，不可力強而致。譬諸音樂，曲度雖均㉟，節奏同檢㊱，至於引氣不齊，巧拙有素㊲，雖在父兄，不能以移子弟。

蓋文章，經國之大業，不朽之盛事㊳。年壽有時而盡，榮樂止乎其身，二者必至之常期，未若文章之無窮。是以古之作者，寄身於翰墨㊴，見意於篇籍，不假良史之辭㊵，不託飛馳之勢㊶，而聲名自傳於後。故西伯幽而演易㊷，周旦顯而制禮㊸，不以隱約㊹而弗務，不以康樂而加思㊺。夫然㊻，則古人賤尺璧而重寸陰，懼乎時之過已㊼。而人多不強力；貧賤則懾於饑寒，富貴則流於逸樂，遂營目前之務，而遺千載之功。日月逝於上，體貌衰於下，忽然與萬物遷化㊽，斯志士之大痛也！融等已逝，唯幹著論，成一家言㊾。

【註釋】

①**自古而然**：從古如此。然，如此。

②**傅毅**：字武仲，後漢茂陵人。章地時，爲蘭臺令史，拜郎中，與班固、賈逵等典校秘籍，以文雅顯於朝廷，早卒。

③**班固**：字孟堅，後漢扶風安陵人。九歲能文，長益博貫。明帝時爲郎，典校秘書，續父彪所著《漢書》，爲世所重。後從竇憲出征匈奴，竇敗，坐罪下獄死。

④**小之**：小，猶言輕。

⑤**弟超**：班超，字仲升，固之弟。平定西域。以功封定遠侯。

⑥**屬文**：屬，音同「主」，連屬也。屬文，猶言作文，謂連屬文句也。

⑦**蘭臺令史**：蘭臺，藏秘書之宮觀；蘭臺令史，掌書奏之官。

⑧**下筆不能自休**：譏傅毅作文冗長散漫，不知剪裁。

⑨**善於自見**：謂人易於自見己長。

⑩**里語**：猶言俗語。

⑪**家有敝帚，享之千金**：享，當也。言視己之敝帚當千金之價。此語亦見《東觀漢記》光武責吳漢詔。

⑫**不自見之患**：謂不自見己短之害。

⑬**魯國孔融文舉**：魯，漢國，今山東曲阜縣。融，字文舉，後漢魯國人，孔子後，有俊才。建安中，官太中大夫。孔融以下七人，世稱為建安七子。

⑭**廣陵陳琳孔璋**：廣陵，後漢郡，今江蘇江都縣即郡中地。琳，字孔璋，初依袁紹，後歸曹操，為記室。軍國書檄，多出其手。

⑮**山陽王粲仲宣**：山陽，漢郡，在今山東。粲，字仲宣。少博學，見知於蔡邕。初依劉表，後歸曹操，官侍中。

⑯**北海徐幹偉長**：北海，漢郡，在今山東。幹，字偉長，著《中論》二十餘篇，大都闡發義理，原本經訓，而歸於聖賢之道，故前史皆列之儒家。

⑰**陳留阮瑀元瑜**：陳留，縣名，今屬河南。瑀，字元瑜，少受業於蔡邕，仕為司空軍謀祭酒。

⑱**汝南應瑒德璉**：汝南，漢郡，在今河南。瑒，字德璉，曹操辟為丞相掾，後為五官將文學。

⑲**東平劉楨公幹**：東平，漢國，今山東東平縣，即國中地。楨，字公幹，仕為丞相掾。

⑳**七子**：猶言七君。

㉑**咸自以騁驥騄於千里，仰齊足而並馳**：「咸自以」，《昭明文選》作「咸以自」，此從《三國志》注。自以，自以為也。驥，千里馬。騄耳，馬名，周穆王八駿之一。仰，仰首，駿馬馳騁之狀。此言七子自恃其才，不肯相讓。

㉒**齊氣**：《昭明文選》李善注云：「言齊俗文體舒緩，而徐幹亦有斯累。」

㉓**〈初征〉**、**〈登樓〉**、**〈槐賦〉**、**〈征思〉**：〈登樓賦〉載《昭明文選》。〈初征賦〉、〈槐賦〉，

並見嚴可均輯《全後漢文》卷九十。《文選》注曾引王粲〈思征賦〉，疑即此文所云《征思》。

㉔**〈玄猿〉、〈漏卮〉、〈圓扇〉、〈橘賦〉**：〈圓扇賦〉見《全後漢文》卷九十三。餘並佚。

㉕**張蔡**：張衡、蔡邕，俱後漢傑出文士。

㉖**稱是**：稱，音同「趁」，等、當也。稱是，與此相等。

㉗**章表書記**：人臣上書於君，或曰章，或曰表。上書知友長官，或曰書，或曰記。

㉘**不能持論，理不勝辭；以至乎雜以嘲戲**：理不勝辭，謂辭富而理貧。此言孔融不長說理之文，辭多而理乏，且有雜以戲謔之失。按，《文心雕龍》〈論說篇〉云：「孔融〈孝廉〉，但談嘲戲。」是孔融〈孝廉論〉中實多嘲戲之語，可爲子桓此文確證。

㉙**揚班**：指揚雄、班固，並漢代大文學家。

㉚**向聲背實**：謂崇虛名，棄實學。

㉛**闇於自見**：闇，音義與「暗」同。闇於自見，謂不見己之所短，故謂己爲實；與上文「夫人善於自見」，謂人善見己長，文同而涵義有別。

㉜**銘誄尚實**：誄，音同「磊」，累列死者生時德行之辭。銘誄皆稱述功德，故必以信實爲貴。

㉝**唯通才能備其體**：謂惟全才之人能備精衆體。

㉞**文以氣為主，氣之清濁有體**：氣，謂人之才氣，猶言材性也。材性隨人而殊，不能相肖，故曰：「不可力強而致。」

㉟**曲度雖均**：曲，曲調。度，拍板之度。均，同也。

㊱**節奏同檢**：音調緩急之度曰節；樂一更端曰奏。檢，法則也。

㊲**有素**：猶言有本、有定。
㊳**不朽之盛事**：謂立言。春秋魯叔孫豹論古人三不朽，曰：「太上有立德，其次有立功，其次有立言。」見《左傳》襄公二十四年。
㊴**翰墨**：猶言筆墨，書寫所資，因以爲文辭之代語。
㊵**不假良史之辭**：謂不借力良史記載，以傳名於後世。
㊶**不託飛馳之勢**：謂不必附驥尾而名自顯著。《史記》〈伯夷列傳〉：「附驥尾而名益顯。」託飛馳之勢，即附驥尾也。
㊷**西伯幽而演易**：西伯，謂周文王。幽，囚也。紂囚文王於羑里；文王演〈易卦〉，作〈卦辭〉。
㊸**周旦顯而制禮**：周公，名旦，武王弟，相成王，制禮作樂，天下大治。相傳《周禮》一書，爲周公所作。
㊹**隱約**：痛苦窮困。
㊺**不以康樂而加思**：《文選》呂延濟注：「加，移也。」謂周公不以安樂之故而移著作之念也。按，上句承西伯，此句承周旦，言古人不以處境不同，而變其著作之志。
㊻**夫然**：夫，音同「扶」，語助詞。然，如此也。夫然，承上文所舉之事實。
㊼**古人賤尺璧而重寸陰，懼乎時之過已**：《文選》李善注：「《淮南子》曰：『聖人不貴尺之璧，而重寸之陰，時難得而易失。』《孔叢子》孔子曰：『不讀《易》，則不知聖人之心，必不使時過已也。』」
㊽**遷化**：謂死亡。

㊾**唯幹著論成一家言**：論指《中論》。

【作者】

曹丕，字子桓，曹操之子，生於漢靈帝中平四年，卒於魏黃初七年（西元一八七—二二六年），年四十歲。

丕初仕漢爲五官中郎將。建安二十二年，立爲魏王太子。操死，嗣位爲丞相、魏王。建安二十五年，篡漢，即帝位。在位七年，崩，諡文帝。

丕好文學，能詩，以著述爲務。《三國志》〈魏志〉謂其所勒成垂百篇。《隋書》〈經籍志〉有《魏文帝集》十卷，《典論》五卷。《典論》一書，爲丕所精心結撰，故嘗以素書《典論》及詩賦饗孫權，又以一紙寫一通與張昭，其自喜可知。《典論》原書凡二十篇，成於丕爲太子時，久已散佚。世所習見者，僅《三國志》裴松之注所引之〈自敘〉，及《文選》所載之〈論文〉二篇，其他篇名見於群書所引者，有〈姦讒〉、〈內誡〉、〈酒誨〉、〈論郤儉等事〉、〈太子〉、〈劍銘〉、〈論太宗〉、〈論孝武〉、〈論周成漢昭〉、〈終制〉、〈諸物相亂似者〉等。清嚴可均《全漢文》輯爲一卷。

【題解】

吾國文學批評之專著，現存者以本篇爲最早。全文可分五段：首段指出古今文人相輕之通病及論文應持之態度，次段評同時七子文章之長短，三段論文體各有所宜，四段論才性各有所偏，五段贊文章之可貴，自抒憤悱之情，讀之使人感發。

【翻譯】

文人相互瞧不起，自古以來就是如此。傅毅和班固，兩人文才差不多，但是班固卻輕視他，在寫給弟弟班超的信中說：「傅武仲憑著文章寫得好，而做到了蘭臺令史，但是他寫起文章來，卻囉囉嗦嗦不知剪裁。」人們喜歡顯現自己擅長的文體，然而文章並非只有一種體裁，很少有人能擅長全部的文體。因此，一般人都以自己擅長的文體，輕視別人所不擅長的文體。俗話說：「家裏的一把破掃帚，當做千金價值的寶物。」這是沒有自知之明的弊病啊。當今的文人，如魯國人孔融，孔文舉、廣陵人陳琳，陳孔璋、山陽人王粲，王仲宣、北海人徐幹，徐偉長、陳留人阮瑀，阮元瑜、汝南人應瑒，應德璉、東平人劉楨，劉公幹，這七位先生，在學識方面，無所不學；在寫作方面，也能自出機杼，不抄襲他人，都認為自己是千里馬，在文壇上各恃其才並駕齊驅，彼此不相上下。要他們相互佩服，確實不容易啊！君子會先瞭解自己的才具優劣，然後再去衡量別人，所以能夠避免這樣的毛病，我本著這個觀念，而寫了這篇〈論文〉。

王粲以辭賦見長，徐幹的辭賦偶爾帶有舒緩的文氣，但仍然可以和王粲相匹敵。像王粲的〈初征〉、〈登樓〉、〈槐賦〉、〈征思〉等賦，徐幹的〈玄猿〉、〈漏卮〉、〈圓扇〉、〈橘賦〉等等，即使是張衡、蔡邕的作品也無法超越他們。可是他們兩人其他體裁的作品，就不如辭賦了。陳琳、阮瑀的章表書記，是當今最傑出的。應瑒的文章溫和而不雄壯，劉楨的文章雄壯而不周密。孔融的文章，體製、格調都很高妙，超出常人，然而不善於議論，理不勝辭，甚至於夾雜著詼諧、戲謔的文字。至於其中最好的作品，仍可與揚雄、班固的相匹敵。

一般人貴遠賤近，崇尚虛名而背棄實學，又患了看不見自己缺點的毛病，總認為自己的文章最好。其實，文章寫作的基本道理相同，只是形式各有不同。大體而言，奏議這類文章應當寫得典雅，書論應當寫得條理分明，銘誄以眞實為最重要，詩賦應當辭藻綺麗。這四類文體的表現方法各不相同，所以寫文章的人各有自己的偏好與專長，只有通才才能同時精通各類文體。

文章以表現作者的才情氣質爲主，而作者的才氣表現在文章上，有陽剛和陰柔兩種不同的風格，這是勉強不來的。好像演奏樂曲一樣：即使曲譜相同，節奏一樣，但由於運氣不同，才情又有巧拙的差異，即使父兄有高超的演奏技巧，也無法將它轉移給自己的子弟。

文章，是治理國家的大事業，也是能名垂千古的大事。人的壽命總有終了的時候，榮華富貴也只在於生前享有，這兩者必然有終止的一刻，不像文章可以永遠流傳。所以古代作家，把生命寄託在創作上，把思想情感表現在文章裏，無須借助於史官的記載，不必依託權貴的勢力，聲名就自然流傳於後世。所以周文王被拘禁羑里時推演〈易卦〉作〈卦辭〉，周公旦在政治地位崇高顯達時制訂禮樂制度，前者不因困厄而不從事著述，後者不因生活安樂而放棄立言的心志。就是這樣，所以古人看輕徑尺的玉璧，而珍惜分寸的光陰，就是害怕時間白白流逝了。可是一般人大多不知努力，貧賤時就害怕飢寒，富貴的話就縱情享樂，只謀求眼前的事務，而忽略了流傳千秋的著作大業。歲月流逝了，體貌衰老了，轉眼間就跟著萬物一起死去，這是有心述作者的最大悲痛啊！孔融等人已經去世，只有徐幹著有《中論》，建立了自成一家的言論。

與朝歌令吳質書

曹丕

二月三日，丕白：

歲月易得，別來行復四年①。三年不見，東山猶歎其遠②；況乃過之？思何可支！雖書疏③往返，未足解其勞結④。

昔年疾疫⑤，親故多罹其災。徐陳應劉⑥，一時俱逝⑦，痛可言邪？昔日遊處，行則連輿⑧，止則接席；何曾須臾相失⑨。每至觴酌流行，絲竹並奏，酒酣耳熱，仰面賦詩：當此之時，忽然不自知樂也。謂百年己分⑩，可長共相保；何圖數年之間，零落⑪略盡，言之傷心！頃撰其遺文，都爲一集⑫。觀其姓名，已爲鬼錄⑬。追思昔遊，猶在心目。而此諸子，化爲糞壤⑭，可復道哉！

觀古今文人，類不護細行⑮，鮮能以名節自立。而偉長獨懷文抱質，恬淡⑯寡欲，有箕山之志⑰，可謂彬彬君子⑱者矣。著《中論》⑲二十餘篇，成一家之言⑳，辭義典雅㉑，足傳于後，此子爲不朽矣。德璉常斐然㉒有述作之意，其才學足以著書，美志不遂㉓，良可痛惜！間者歷覽諸子之文，對之抆淚㉔；既痛逝者，行自念也㉕。孔璋章表殊健，徵爲繁富。公幹有逸氣，但未遒㉖耳；其五言詩之善者，妙絕時人㉗。元瑜書記翩翩㉘，致足樂也。仲宣㉙獨自善於辭賦，惜其體弱㉚，不足起其文；至於所善，古人無以遠過。

昔伯牙絕絃於鍾期㉛，仲尼覆醢於子路㉜，痛知音之難遇，傷門人之莫逮；諸子但爲未及古人，自一時之儁㉝也，今之存者，已不逮矣，後生可畏，來者難誣㉞。然恐吾與足下不及見也。

年行已長大，所懷萬端，時有所慮，至通夜不瞑㉟。志意何時復類昔日？已成老翁，但未白頭耳。光武言：「年三十餘；在兵中十歲，所更非一㊱。」吾德不及之，年與之齊矣。以犬羊之質，服虎豹之文；無衆星之明，假日月之光㊲；動見瞻觀，何時易乎㊳？恐永不復得爲昔日遊也。少壯眞當努力㊴，年一過往，何可攀援？古人思秉燭夜遊㊵，良有以㊶也。

頃何以自娛？頗復有所述造否？東望於邑㊷，裁書敘心。丕白。

【註釋】

①**歲月易得，別來行復四年**：易得，猶言易至、易逝。行復，猶言將又也。

②**三年不見，東山猶歎其遠**：《毛詩》〈國風．東山篇〉：「我徂東山，慆慆不歸。」又曰：「自我不見，于今三年。」按，徂，往也，慆慆（音同「滔」），言久也。東山猶歎其遠，謂三年不見，〈東山〉之詩猶歎其久遠也。

③**書疏**：猶言書記、書札。

④**勞結**：勞言思念煩勞，結言思念鬱結。

⑤**昔年疾疫**：昔年，往年也。《文選》李善注引《典略》：「建安二十二年，魏大疫。」

⑥**徐陳應劉**：徐幹，字偉長。陳琳，字孔璋。應瑒，字德璉。劉楨，字公幹。丕與弟植，皆好文學，此四人及王粲、阮瑀並見友善，見〈魏志〉〈王粲傳〉。〈王粲傳〉又云：「王粲從征吳，（建安）二十二年春，道病卒。瑀以十七年卒。幹琳瑒楨二十二年卒。」

⑦**一時俱逝**：言同時俱卒也。

⑧**連輿**：輿，車輿也。連輿，言車相連接。

⑨**相失**：猶言相離。

⑩**百年己分**：分，音同「奮」。謂百年乃己分內所有。

⑪**零落**：謂死亡也。

⑫**撰其遺文都為一集**：撰，謂編次。都，共也。

⑬**鬼錄**：錄，簿籍也。謂人已死亡，故姓名成爲鬼錄。

⑭**化為糞壤**：糞壤猶糞土，化爲糞壤，言其人已腐朽也。

⑮**類不護細行**：類，猶言大抵。護，猶言檢點。細行，猶言小節。《書》〈旅獒〉：「不矜細行，終累大德。」

⑯**恬淡**：情靜淡泊。恬，音同「田」。

⑰**箕山之志**：謂有隱居之志也。箕山，在河南省登封縣東南，許由隱居於此，昔堯朝許由於沛澤之中，曰：「請屬天下於夫子。」許由不受而往隱於箕山之下。事見《呂氏春秋》。

⑱**彬彬君子**：《論語》〈雍也篇〉：「文質彬彬，然後君子。」按：彬彬，文質兼備也。

⑲**中論**：書名，凡二卷。屬子部儒家。有《漢魏叢書》本。

⑳**成一家之言**：司馬遷〈報任少卿書〉：「通古今之變，成一家之言。」

㉑**典雅**：謂有根據而雅正。《中論》一書，原本經訓，闡發義理，故以典雅稱之。

㉒**斐然**：有文采貌。斐，音同「翡」。

㉓**不遂**：猶言不就、不成。

㉔**抆淚**：抆，音同「問」。抆淚，泣而拭其淚也。《楚辭》〈九章・悲回風〉：「孤子唫而抆淚。」

㉕**行自念也**：行，且也。

㉖**遒**：音同「求」，健也。

㉗**妙絕時人**：謂其詩之妙，爲時人所不能及。

㉘**元瑜書記翩翩**：元瑜，阮瑀字。《文選》五臣注：「記，亦書類；翩翩，美貌。」

㉙**仲宣**：王粲字。

㉚**惜其體弱**：《文選》李善注：「《典論》〈論文〉曰：『文以氣爲主，氣之清濁有體。』體弱謂文體弱也。」

㉛**伯牙絕絃於鍾期**：伯牙，春秋時人，善鼓琴，鍾子期善聽琴；子期死，伯牙乃破琴絕絃。見《呂氏春秋》〈本味篇〉。下「痛知音之難遇」承此句。

㉜**仲尼覆醢於子路**：《禮記》〈檀弓〉：「孔子哭子路於中庭，有人弔者，而夫子拜之。既哭，進使者而問故。使者曰：醢之矣。遂命覆醢。」按：子路死衛難，被醢，孔子既知其狀，故不忍食醢，而覆棄之。醢，音同「海」，肉醬也。下「傷門人之莫逮」承此句。

㉝**儁**：同俊，才出衆也。

㉞**後生可畏，來者難誣**：《論語》〈子罕篇〉：「子曰：後生可畏，焉知來者之不如今也？」按：誣，欺也、妄也。言來者或勝於今人，不敢妄謂來者不如今也。

㉟**不瞑**：瞑，音義同眠。

㊱**光武言三句**：光武，東漢光武帝。《東觀漢記》：「光武賜隗囂書曰：『吾年已三十餘，在兵中十載，所更非一，厭浮語虛辭耳。』」按：更，經歷也。

㊲**以犬羊之質四句**：揚雄《法言》：「敢問質？曰：『羊質而虎皮，見草而悅，見豺而戰。』」《文子》：「百星之明，不如一月之光。」此四句爲二喻，以喻己才薄而居太子之高位也。

㊳**何時易乎**：易，輕也。此言己居重位，動見瞻觀，舉止必須時時謹愼，不得與常人之安閒也。
㊴**少壯真當努力**：古樂府〈長歌行〉：「少壯不努力，老大徒傷悲。」
㊵**古人思秉燭夜遊**：〈古詩十九首〉：「晝短苦夜長，何不秉燭遊。」
㊶**有以**：以，因也，由也。
㊷**於邑**：於，音同「巫」，邑同悒。於邑，猶鬱抑也。

【作者】

曹丕，見本書第109頁〈典論論文〉作者簡介。

【題解】

曹丕爲太子時，傷徐陳應劉之逝，作此書與朝歌令吳質。質字季重，漢末濟陰（今山東定陶縣西北）人，以文才爲丕兄弟所善，官至振威將軍，封列侯。朝歌故城在今河南淇縣東北，丕時居京師，故有「東望於邑」之語。此篇雖爲書牘，而實抒情之文。首段敘離思之殷。次段傷諸子之逝。三段評諸子文章之美。四段痛人才不可再得。五段述己之心情懷抱。末段致詢季重近況。反覆詠歎，情致纏綿。書疏之文，古今獨步矣。

【翻譯】

二月三日，曹丕說：

時間過得很快，我們分別又將四年。三年不見，《東山》詩裏的士兵尚且感嘆離別時間太長，何況我們分別都已經超過三年，思念之情怎麼能夠忍受呢！雖然書信來往，不足以解除鬱結在心頭的深切懷念之情。

前一年流行疾疫，許多親戚朋友遭受不幸，徐幹、陳琳、應瑒、劉楨，很快相繼都去世，我內心的悲痛怎麼能用言語表達啊？過去在一起交往相處，外出時車子連著車子，休息時座位相連，何曾片刻互相分離！每當我們互相傳杯飲酒的時候，弦樂管樂一起伴奏，酒喝得痛快，滿面紅光，仰頭吟誦自己剛作出的詩，每當沉醉在歡樂的時候，恍惚間卻未覺得這是難得的歡樂。我以為百年長壽是每人應有一份，長久地相互在一起，怎想到幾年之間，這些好朋友差不多都死光了，說到這裏非常痛心。近來編定他們的遺著，合起來成為一本集子，看他們的姓名，已經是在陰間死者的名冊。追想過去交往相好的日子，還歷歷在目，而這些好友，都死去化為糞土，怎麼忍心再說呢？

縱觀古今文人，大多都不拘小節，很少能在名譽和節操上立身的。但只有徐幹既有文才，又有好的品德，寧靜淡泊，少嗜欲，有不貪圖權位隱退之心，可以說是文雅而又樸實的君子。他著有《中論》二十多篇，自成一家的論著，文辭典雅，足以流傳後世，他的精神、成就永遠存在。應瑒文采出衆常有著述之意，他的才能學識足以著書，但他美好的願望沒有實現，實在應該痛惜。近來遍閱他們的文章，看後不禁拭淚，既痛念逝去的好友，而且又想到自己生命短促。陳琳的章表文筆很雄健有力，但稍微有些冗長。劉楨的文風灑脫奔放，只是還不夠有力罷了，他的五言詩很完美，在同代人中最妙。阮瑀的書札文詞美麗，使人感到十分快樂。王粲只擅長辭賦，可惜風格纖弱，不能夠振作起文章氣勢，至於他擅長的，古代沒有人能超過很遠。

過去伯牙在鍾子期死後破琴絕弦，終身不再鼓琴，痛惜知音難遇，孔子聽說子路被衛人殺害，剁成肉醬，命人將家裏的肉醬倒掉，悲傷弟子當中沒有能比得上子路的。這些人只是有些還不及古人，也算一代優秀人才，現在活著的人，已沒有人能比得上的了。將來定有優秀人才出現，後來之人難以輕視，但是恐怕我與您不能趕上見到了。

年齡已經增大，心中所想的千頭萬緒，時常有所思慮，以至整夜不眠，志向和意趣什麼時候能再像過去那樣高遠呢？已經變成老翁，只不過沒有白頭髮罷了。東漢光武帝說：「三十多歲，在軍隊中十年，所經歷的事不只一件。」我的才能趕不上他，但是年齡和他一樣大了，憑低下的才能卻處在很高地位，德才不足，只是憑借父親曹操之力而有高位，一舉一動都有人注意，什麼時候才能改變這種情況呢？恐怕永遠不能再像過去那樣遊玩了。年輕人的確應當努力，年齡一旦過去，時光怎麼能留得住，古人想夜裏拿著蠟燭遊玩，確實很有道理啊。

近來您用什麼自我娛樂？仍舊再有什麼著作嗎？我向東望去非常悲傷，所以寫信來敘述內心情感。曹丕陳說。

與楊德祖書

曹植

【原文】

植白：數日不見，思子為勞，想同之也。僕少小好為文章①，迄至於今，二十有五年矣②。然③今世作者，可略而言也。——昔仲宣獨步於漢南④，孔璋鷹揚於河朔⑤，偉長擅名於青土⑥，公幹振藻於海隅⑦，德璉發跡於此魏⑧，足下高視於上京⑨，當此之時，人人自謂握靈蛇之珠，家家自謂抱荊山之玉⑩。吾王於是設天網以該之，頓八紘以掩之⑪，今悉集茲國⑫矣。然此數子，猶復不能飛軒⑬絕跡，一舉千里⑭。以孔璋之才，不閑⑮於辭賦，而多⑯自謂能與司馬長卿⑰同風。譬畫虎不成，反為狗⑱也。前書嘲之，反作論盛道僕讚其文。夫鍾期不失聽⑲，於今稱之。吾亦不能妄歎⑳者，畏後世之嗤余也。

世人之著述，不能無病。僕常好人譏彈㉑其文，有不善者，應時㉒改定。昔丁敬禮㉓嘗作小文，使僕潤飾之。僕自以才不過若人㉔，辭不為也。敬禮謂僕：「卿何所疑難？文之佳惡，吾自得之，後世誰相知定吾文者邪！」吾常歎此達言，以爲美談！

昔尼父之文辭，與人通流，至於制《春秋》，游夏之徒，乃不能措一辭㉕。過此而言不病者，吾未之見也。蓋有南威㉖之容，乃可以論於淑媛㉗；有龍泉㉘之利，乃可以議其斷割。劉季緒㉙才不能逮於作者，而好詆訶㉚文章，掎摭㉛利病。昔田巴毀五帝，罪三王，呰五霸於稷下，一旦而服千人；魯連一説，使終身杜口㉜。劉生之辯，未若田氏；今之仲連，求之不難，可無息乎？人各有好尚：蘭茝蓀蕙㉝之芳，衆人所好，而海畔有逐臭之夫㉞；「咸池」「六莖」之發㉟，衆人所共樂，而墨翟有非之之論㊱，豈可同哉！

今往僕少小所著辭賦一通㊲相與。夫街談巷説，必有可采；擊轅之歌㊳，有應風雅。匹夫之思，未易輕棄也。辭賦小道，固未足以揄揚㊴大義，彰示來世也。昔揚子雲先朝執戟之臣耳，猶稱壯夫不爲㊵也。吾雖德薄，位爲蕃侯㊶，猶庶幾戮力上國㊷，流惠下民，建永世之業，留金石之功㊸；豈徒以翰墨爲勳績，辭賦爲君子哉？若吾志未果，吾道不行，則將采庶官之實錄，辯時俗之得失，定仁義之衷㊹，成一家之言㊺。雖未能藏之於名山㊻，將以傳之於同好。此要之皓首㊼，豈今日之論乎？其言之不慚，恃惠子之知我也㊽！明早相迎，書不盡懷。植白。

【註釋】

①**僕少小好為文章**：僕，奴僕，用爲自謙之稱。《三國志》〈魏志〉〈曹植傳〉：「年十餘歲，誦讀詩論及辭賦數十萬言，善屬文。」

②**二十有五年矣**：按：清丁晏《陳思王年譜》，子建作此文時，年二十五歲。

③**然**：「然」猶「於是」，見吳昌瑩《經詞衍釋》。

④**仲宣獨步於漢南**：王粲，字仲宣，山陽高平（今山東鄒縣）人。少博學，見知於蔡邕。初依劉表，後歸曹操，官侍中。著有詩賦論議六十篇。獨步，特出之意。仲宣在荊州，故曰漢南。

⑤**孔璋鷹揚於河朔**：陳琳，字孔璋，廣陵（今江蘇江都）人。避亂冀州，嘗爲袁紹草檄攻曹操。紹敗歸操，使爲記室。長於章表，今傳《陳記室集》一卷。鷹揚，喻奮發如鷹。冀州在黃河之北，故曰河朔。

⑥**偉長擅名於青土**：徐幹，字偉長，北海（今山東壽光）人。曹操辟爲司空軍謀祭酒掾屬。著有《中論》二十篇，亦長辭賦。北海郡，〈禹貢〉言屬青州，故云青土。

⑦**公幹振藻於海隅**：劉楨，字公幹，東平寧陽（今山東東平）人。少有文才，曹操辟爲丞相掾屬。今傳《劉公幹集》一卷。山東近海，故稱海隅。

⑧**德璉發跡於此魏**：應瑒，字德璉，汝南（今河南汝南）人，曹操辟爲丞相掾，後爲五官中郎將文

學。德璉成名於魏都許昌，故曰此魏。

⑨**足下高視於上京**：足下，稱楊德祖。德祖名修，弘農（今河南靈寶）人，太尉彪之子。博學高才，爲丞相曹操主簿。後爲操所殺。上京，指漢都洛陽。

⑩**人人自謂握靈蛇之珠，家家自謂抱荊山之玉**：隋侯見大蛇傷斷，以藥傅之；後蛇於江中，銜大珠以報之，因曰隋侯之珠。事見《淮南子》〈覽冥訓〉高誘注。荊山之玉即楚和氏璧。此二句言諸作者皆自以爲才如隋珠和璧之美也。

⑪**吾王於是設天網以該之，頓八紘以掩之**：吾王，謂魏王曹操。天網，言網之大。該，謂包括。頓，猶整也。陸機〈演連珠〉：「頓網探淵。」紘，音同「弘」，維也，綱也。《淮南子》〈原道〉注：「八紘，天之八維也。」此處八紘，即謂天網。二句意謂舉彌天之大網，以羅四海之英才。

⑫**茲國**：指魏國。

⑬**飛軒**：軒與騫通用。《文選》五臣本即作騫。騫，鳥飛貌。

⑭**一舉千里**：《韓詩外傳》蓋胥曰：「鴻鵠一舉千里，所恃者六翮爾。」

⑮**閑**：與嫻通用，習也。

⑯**多**：猶言常也。

⑰**司馬長卿**：名相如，蜀郡成都人，西漢賦家。

⑱**畫虎不成反為狗**：漢世諺語，馬援〈戒兄子嚴敦書〉：「效杜季良不成，陷爲天下輕薄子，所謂畫虎不成反類狗者也。」

⑲**鍾期不失聽**：鍾子期、伯牙皆楚人。伯牙鼓琴，子期聽之，知其意在高山，志在流水。子期死，伯

牙破琴不復鼓，以無知音也。《列子》曰：「伯牙善鼓琴，鍾子期善聽。」

⑳**歎**：讚美也。

㉑**譏彈**：譏評彈擊。

㉒**應時**：猶言當時、即時。

㉓**丁敬禮**：丁廙，字敬禮，沛郡（今安徽宿縣）人。博學洽聞，建安中為黃門侍郎，與曹植友善。後為曹丕所殺。

㉔**若人**：猶言此人，指丁敬禮。

㉕**昔尼父之文辭……乃不能措一辭**：孔子字仲尼，卒，魯哀公誄為「尼父」，見《禮記》〈檀弓〉。《春秋》，孔子據《魯春秋》而制作。游，謂子游（言偃）；夏，謂子夏（卜商），皆孔子弟子，《論語》列入「文學」。措，置也，猶言參與。李善注：《史記》曰：「孔子文辭，有可與人共者；至於《春秋》，子游子夏之徒，不能贊一辭。」

㉖**南威**：美人名，即南之威。《國策》〈魏策〉：「晉文公得南之威，三日不聽朝，遂推南之威而遠之，曰：『後世必有以色亡其國者。』」

㉗**淑媛**：美女也。

㉘**龍泉**：即龍淵，古劍名，唐人選高祖諱，改名淵為泉。《越絕書》：「楚王令風胡子之吳，見歐冶子、干將，使作劍三枚：一曰龍淵，二曰太阿，三曰工布。」

㉙**劉季緒**：名修，劉表之子，見《三國志》注。

㉚**詆訶**：批評指摘之意。

㉛**掎摭**：摘取也。掎，音同「擠」；摭，音同「直」。

㉜**昔田巴毀五帝……使終身杜口**：呰，音同「紫」，通作訾，詆毀也。杜口，閉口；杜，塞也。李善注：「魯連子曰：齊之辯者曰田巴，辯於狙丘（齊地名），而議於稷下（稷，齊城門名），毀五帝，罪三王，一日而服千人。有徐劫弟子曰魯連，謂劫曰，臣願當田子，使不敢復說。」

㉝**蘭茝蓀蕙**：均香草名。茝，音同「只」，即白芷。

㉞**海畔有逐臭之夫**：李善注：「喻人評文章愛好不同也。《呂氏春秋》曰：『人有大臭者，其親戚、兄弟、知識，無能與居者，自苦而居海上；海上人有悅其臭者，晝夜隨而不去。』」

㉟**〈咸池〉、〈六莖〉之發**：〈咸池〉，黃帝樂名。〈六莖〉，顓頊樂名。發，奏也。

㊱**墨翟有非之之論**：《墨子》有〈非樂篇〉。

㊲**一通**：文書首末全，曰通。

㊳**擊轅之歌**：野人之歌也。崔駰〈上四巡頌表〉：「唐虞之世，樵夫牧豎，擊轅中韶，感於和也。」

㊴**揄揚**：揄，音同「于」，稱揚也。

㊵**揚子雲先朝執戟之臣耳，猶稱壯夫不為**：揚雄，字子雲，蜀郡成都人。奏〈羽獵賦〉爲郎。郎官執戟宿衛諸殿門，以侍衛之故，通謂之侍郎。《揚子法言》〈吾子篇〉：「或問吾子少而好賦，曰：『然，童子雕蟲篆刻。』俄而曰：『壯夫不爲也。』」

㊶**蕃侯**：即藩侯，諸侯國之屏藩，故曰藩侯。時植爲臨淄侯。

㊷**上國**：指魏。

㊸**留金石之功**：謂銘功於金石；金指鐘鼎之類，石指碑碣石鼓。

㊹**定仁義之衷**：衷，中也，當也。

㊺**成一家之言**：司馬遷〈報任少卿書〉：「通古今之變，成一家之言。」子建蓋自謂將作史也。

㊻**藏之於名山**：〈報任少卿書〉：「僕誠以著此書，藏之名山。」

㊼**要之皓首**：要，音同「夭」，期也。皓首，猶言白頭。

㊽**其言之不慚，恃惠子之知我也**：惠子，名施，與莊周為友。此以惠子比修，以莊子自比。李善注：張平子書曰：「其言之不慙，恃鮑子之知我。」子建取其語，更鮑子為惠子。

【作者】

曹植，字子建，操第三子。生於漢獻帝初平三年，卒於魏明帝太和六年（西元一九二——二三二年），年四十一。

植天質聰敏，十歲能屬文，特見寵愛。建安十六年，封平原侯，十九年徙封臨淄侯。操欲立為太子，而植任性而行，不自雕飾，飲酒不節，遂立丕為嗣。植既為丕所忌，篡漢後，貶為安鄉侯，旋改封鄄城侯。黃初三年，立為鄄城王，四年徙封雍丘王。太和三年，徙封東阿王，六年改封陳王。因徙都頻數，動見猜防，遂抑鬱發疾而卒。諡曰思。故世號陳思王。清《四庫全書》〈總目〉著錄《曹子建集》十卷。清丁晏有《曹集詮評》亦作十卷。植下筆成章，才華豐贍，為建安文學之冠冕。

【題解】

本篇文體爲書信，而性質則屬議論文。德祖博學高才，自魏太子以下，並爭與交好。建安二十一年，子建與之書，縱論並世諸子之文章，致嘅於文章優劣之難知，文學批評之不易；末復自抒一己之懷抱。文辭跌宕俊美，有顧盼自喜之致。

【翻譯】

曹植敬陳：幾天不見，非常想念你，估計你也是這樣吧！我從小喜歡寫文章，到今天爲止，竟已二十五年了。而如今世上文章寫得好的人，可以簡略地談談。過去王仲宣在漢南一帶獨占鰲頭，陳孔璋在河朔如鷹之飛揚，奮發躍起，徐偉長揚名於青州，劉公幹在海邊最是出色，應德璉在我們大魏許昌發跡，而你則在京都洛陽極負盛名；這個時候，大家都覺得掌握了做學問的本質、寫文章的眞諦。我們魏王於是設置彌天大網來網羅這些人才，用大網繩來收攏他們，如今這些人才全都聚集到魏國了。但是這幾個人，還是不能寫出絕妙的文章，名震千里的大作。陳琳的才能，並不擅長寫辭賦，卻經常說他的作品能和司馬相如相提並論，就像畫虎不成，反而像隻狗了。我從前寫文章嘲諷他，他反而大肆宣傳，說我盛讚他的文章。鍾子期不曾聽錯伯牙的音律，到現在還受人稱讚。我當然不會隨便稱讚人家，害怕後人恥笑我啊！

一般人寫文章，不能沒有毛病．我常喜歡別人指點批評我的文章，有不好的地方，立即改正。從前丁敬禮經常寫些小品文章，讓我來潤色修飾，我自認爲文才不如他，就推辭沒有接受。丁敬禮對我說：「你何必有所顧慮呢？文章寫得好不好，我心裏有數，別人的改訂對我總是有好處，後世的人誰知道給我修改潤色的人是誰呢？」我經常讚歎這句話通達有理，值得稱道！

以前孔子的文辭，可以與人共通交流，可商量的；至於他編纂《春秋》的時候，連擅長文學的子游、子夏都不能參贊一辭。除《春秋》以外說文章沒有毛病的，我還眞沒有見過。實在說來要有南威那樣的容貌，才可以談論什麼是美女；有龍泉劍的鋒利，才可以談論如何割斷東西。劉季緒的才能比不上寫文章的作者，但是喜歡挑剔人家的文章，指摘別人作品的缺點。戰國時代田巴在齊國稷下詆毀五帝，藐視三王，在稷下學宮挑剔五霸的毛病，一天就能折服上千人；可是魯仲連一出來反駁，就駁得他終身不敢再開口。劉季緒的辯才，不如田巴；現在像魯仲連這樣口才的人並不難找，他還能不住口嗎？人們各有喜好，像蘭、茝、蓀、蕙的芳香，是衆人所喜歡的，但是海邊卻有日夜追著臭味的人；〈咸池〉、〈六莖〉的樂章，是衆人都喜歡聽的，但是墨翟卻有反對音樂的議論，可見人的好惡愛憎，又哪能相同呢！

現在我把以前作的一些辭賦送給你看看。我以爲即使是街巷間的談論，必定有可取的地方；田野的俚俗歌謠，也有合乎〈風〉、〈雅〉的地方。庶民百姓的情思，也就不能輕易忽視。辭賦是小技藝，不足以用來宣揚大道理，垂範後世。以前揚子雲只是前朝的侍郎小臣，還說有壯志的人是不屑於寫辭賦這種雕蟲小技。我雖然德行淺薄，但身爲王侯，還想努力報效國家，爲人民謀福利，建立永世的基業，留下能銘刻於金石的勳績。哪裏只能以舞文弄墨做爲功勳績業，以會做辭賦就算是君子呢？如果我的志向不能達到，我的理想不能實行，我將用采詩官的記錄，辨別時俗的利弊得失，評定仁義的本質，完成自成一家的著作。雖然未必有藏在名山的保存價值，也要傳給有相同志趣的人看。這個希望要等年老髮白的時候才能實現，哪是今天所要談論的呢！我大言不慚，是因爲我知道你是瞭解我的。明天早晨我會去等你，信上實在不能完全表達我的情懷！曹植敬謹陳述。

陳情表

李密

【原文】

臣密言：

臣以險釁①，夙遭閔凶②。生孩六月，慈父見背③。行年四歲，舅奪母志④。祖母劉愍⑤臣孤弱，躬親⑥撫養。臣少多疾病，九歲不行；零丁⑦孤苦，至於成立。既無叔伯，終鮮兄弟；門衰祚薄⑧，晚有兒息⑨；外無期功彊近之親⑩，內無應門五尺之僮⑪；煢煢獨立⑫，形影相弔⑬。而劉夙嬰⑭疾病，常在床蓐⑮；臣侍湯藥，未曾廢離。

逮奉聖朝，沐浴清化⑯。前太守臣逵⑰，察臣孝廉⑱；後刺史臣榮⑲，舉臣秀才；臣以供養無主，辭不赴命。詔書特下，拜臣郎中⑳；尋㉑蒙國恩，除臣洗馬㉒。猥㉓以微賤，當侍東宮㉔，非臣隕首㉕，所能上報。臣具以表聞，辭不就職。詔書切峻㉖，責臣逋慢㉗。郡縣逼迫，催臣上道。州司臨門，急於星火㉘。臣欲奉詔奔馳，則劉病日篤㉙；欲苟順私情，則告訴不許；臣之進退，實爲狼狽㉚。

伏惟聖朝以孝治天下㉛，凡在故老㉜，猶蒙矜育㉝；況臣孤苦，特爲尤甚㉞。且臣少事僞朝㉟，歷職郎署㊱，本圖宦達㊲，不矜名節㊳。今臣亡國賤俘，至微至陋，過蒙拔擢，寵命優渥㊴；豈敢盤桓㊵，有所希冀！但以劉日薄西山㊶，氣息奄奄㊷，人命危淺，朝不慮夕。臣無祖母，無以至今日；祖母無臣，無以終餘年。母孫二人，更相爲命㊸，是以區區，不能廢遠㊹。臣密今年四十有四，祖母劉今年九十有六，是臣盡節於陛下之日長，報養劉之日短也㊺。烏鳥私情㊻，願乞終養！

臣之辛苦，非獨蜀之人士，及二州牧伯㊼，所見明知；皇天后土㊽，實所共鑒㊾。願陛下矜愍愚誠，聽臣微志，庶劉僥倖㊿，保卒餘年。臣生當隕首，死當結草51。臣不勝犬馬52怖懼之情，謹拜表53以聞。

【註釋】

①**險釁**：言命運惡劣。釁，音同「信」，禍兆也。
②**夙遭閔凶**：夙，早也。閔，憂也。閔凶，憂患凶禍也。指父死母去。
③**見背**：猶言相違，謂父死永別也。

④**舅奪母志**：《論語》〈子罕篇〉：「匹夫不可奪志也。」《毛詩》〈鄘風．柏州序〉：「衛世子早死，其妻守義，父母欲奪而嫁之。」此言舅奪母守節之志而改嫁也。

⑤**愍**：音同「敏」，與憫同。憐也。

⑥**躬親**：《三國志》〈蜀志．楊戲傳〉及《晉書》〈李密傳〉皆作「躬見」，《昭明文選》作「躬親」，今從後者。

⑦**零丁**：危弱貌。

⑧**門衰祚薄**：謂門戶衰落，福祚微薄也。

⑨**晚有兒息**：息，子也。兒息猶言兒子。晚有兒息，謂得子甚遲。

⑩**期功彊近之親**：期、功，皆喪服名。期，音同「肌」；期服，周年之服。如本宗爲伯叔父母、兄弟之屬皆服期服。功：大功服，九月；小功服，五月。如本宗爲堂兄弟之屬服大功；爲堂姪、堂姪孫之屬皆服小功。彊近之親，謂彊有力而親近之親屬。

⑪**無應門五尺之僮**：僮，幼童也。僮，奴也，今通俗以童爲幼僮子。古以身長表年齡。《論語》〈泰伯〉：「可以託六尺之孤。」鄭注云：「六尺之孤，年十五已下。」按：古尺短，六尺，約當今一公尺二公寸。六尺爲年十五以下，故五尺爲童子之稱。《荀子》〈仲尼篇〉云：「仲尼之門人，五尺之豎子，言羞稱乎五伯。」董仲舒對膠東王曰：「仲尼之門，五尺之童子，言羞稱五伯。」此句言無可供應門候客之幼童也。

⑫**煢煢獨立**：煢，音同「窮」。煢煢，孤特貌，獨立，《晉書》作孑立。

⑬**相弔**：相憐、相慰。

⑭**嬰**：纏也。

⑮**牀蓐**：蓐，席也。牀蓐，猶言牀席。

⑯**沐浴清化**：沐浴，謂身受其潤澤；清化，猶言清明教化。

⑰**逵**：犍爲郡太守之名，姓不詳。

⑱**察臣孝廉**：《漢書》〈武帝紀〉：「元光元年冬十一月，初令郡舉孝廉。」注：「孝，謂善事父母者；廉，謂清潔有廉隅者。」孝廉、秀才皆漢代始定選舉科目之稱（秀才謂人才之秀異者），後世因之。察，猶識拔。

⑲**榮**：益州刺史之名。姓不詳。

⑳**拜臣郎中**：拜，猶言任命。郎中。官名，主更直宿衛。

㉑**尋**：旋、隨即。

㉒**除臣洗馬**：洗，音同「險」。洗馬本作先馬，漢時爲東宮官屬，太子出，則前驅，晉以後改掌圖籍。除亦任命之意，凡言除者，除故官，就新官也。

㉓**猥**：猶言辱也，自謙之詞。參閱本書第95頁〈出師表〉注釋㊸。

㉔**東宮**：太子所居宮，因以東宮稱太子。

㉕**隕首**：隕，落也。隕首猶言斷頭，犧牲性命之意。

㉖**切峻**：嚴峻。

㉗**責臣逋慢**：逋，逃也；慢，傲慢。責以逃避怠慢。

㉘**星火**：喻急迫。如流星、如救火也。一說星火謂鍛鐵時爆出之火星，其急迫令人不能閃避也。

㉙**篤**：沉重也。

㉚**狼狽**：言進退失據。唐段成式《酉陽雜俎》：「狽前足絕短，每行常駕於狼腿上，狽失狼則不能動，故世言事乖者稱狼狽。」

㉛**聖朝以孝治天下**：《孝經》：「先王以孝治天下。」謂以孝為治天下之要道也。聖朝，指晉朝。

㉜**故老**：故舊年老者。

㉝**矜育**：矜憐養育。謂矜憐故老，使其子孫得盡孝養之道也。

㉞**特為尤甚**：特猶言獨，言己孤苦獨異於諸故老而更過之也。

㉟**偽朝**：時當晉代，故稱蜀漢為偽朝。

㊱**歷職郎署**：謂仕蜀曾官尚書郎也。

㊲**宦達**：仕宦顯達。

㊳**不矜名節**：矜，惜也。名節，名譽節操也。不矜名節，言不重名節。

㊴**優渥**：優厚。

㊵**盤桓**：猶徘徊，謂觀望不前。

㊶**日薄西山**：薄，迫也。日迫西山，喻言殘生將盡。

㊷**氣息奄奄**：奄奄，微弱貌。言氣息微弱將絕也。

㊸**更相為命**：更相，互相也。言二人相依以為命也。

㊹**是以區區，不能廢遠**：區區，愛戀之意。言依戀祖母，不忍廢養而遠離也。

㊺**報養劉之日短也**：言祖母年高，事奉之日無多。何良俊語林四云：「李令伯嘗聘吳，吳主與群臣汎

論道義，因言：『寧爲人弟。』令伯曰：『願爲人兄。』吳主問：『何願爲兄？』令伯曰：『爲兄供養之日長也。』一人之言語，隨處流露，均見天性。」

㊻**烏鳥私情**：烏，孝烏。母烏老，子能反哺。言孝養之情，出於自然。

㊼**二州牧伯**：二州，指梁、益二州。牧伯，州長也。

㊽**皇天后土**：后土，地神也。皇天后土，謂天地神明也。

㊾**鑒**：見也。

㊿**僥倖**：不當得而得也。

51**死當結草**：春秋時，晉魏武子有嬖妾，無子，武子疾，命子顆曰：「必嫁之！」病亟，又曰：「必以爲殉！」顆不從病亟迷亂之命而嫁之。後，顆與秦師戰於輔氏，見一老人結草以抗秦將杜回，回仆，因獲之而敗秦師。夜夢老人自稱爲嬖妾之父（事見《左傳》宣公十五年）。後世因稱冥報爲結草。

52**犬馬**：臣對君自卑之詞。

53**拜表**：人臣章表，拜而後上，故上表謂之拜表。

【作者】

李密（《續漢書》作虔，《華陽國志》作宓，又作虙，《晉書》曰：一名虔），字令伯，蜀漢犍爲武陽縣（今四川彭山縣）人。父早亡，母何氏改嫁，密時年數歲，感戀成疾。祖母劉氏躬自撫養，密長，奉事以孝聞。劉氏有疾，則涕泣側息，未嘗解衣，飲膳湯藥，必先嘗後進。有暇則講學忘疲，而師事譙周，周門人方之游夏。少仕蜀，為郎，數使吳，有才辯，吳人稱之。蜀亡。詔徵為太子洗馬，密以祖母年高，無人奉養，乃上表懇辭。後祖母歿，服終，復以洗馬徵至洛陽。司空張華問曰：「安樂公（即劉後主）如何？」密曰：「可次齊桓。」華問其故。對曰：「齊桓得管仲而霸，用豎刁而蟲流。安樂公得諸葛亮而抗魏，任黃皓而喪國，是知成敗一也。」次問孔明言教何碎？密曰：「昔舜禹皋陶相與語，故得〈簡雅〉。〈大誥〉（《書經》篇名）與凡人言，宜碎。孔明與言者無己敵，言教是以碎耳。」華善之。出為溫（今河南溫縣）令。左遷漢中太守。後遂廢放，卒於家。

【題解】

李密少孤，母何氏再嫁，育於祖母劉氏。及長，以孝聞。蜀亡後，晉武帝泰始三年（西元二六七年），徵為洗馬，詔書累下，郡縣逼迫，密上此表懇辭。《昭明文選》標題為〈陳情表〉，一本或作〈陳情事表〉。武帝覽表，為之嘉歎曰：「密非空有名者也。」因賜奴婢二人，使郡縣供其祖母膳饘，密遂得終養。文分四段，首敘幼遭孤苦，賴祖母養育長成。次敘國家屢徵，而祖母病篤，供養無主，進退兩難。繼敘辭徵非敢鳴高，實由祖母年老病危，無己則餘年不保。末段指天抒誠，懇求聽許所請。此表直抒眞情，聲淚俱下，實爲千古名文。

【翻譯】

臣李密上奏：

臣因爲命運坎坷，早年就遭到憂患兇禍，失去雙親。生下來六個月，慈父就過世了。到了四歲，舅舅強迫母親改嫁。祖母劉氏憐憫臣孤苦幼弱，親自撫養我。臣小時候多病，九歲還不會走路；孤單困苦，直到長大成年。既沒有叔伯，也沒有兄弟；家門衰微，福氣淺薄，一直到很晚才有兒子。在外沒有可服期服、功服之類強而有力的近親，在家沒有看守門戶的僮僕。孤苦無依，只有影子和身形互相作伴。而祖母劉氏早年便疾病纏身，常躺在床上，臣侍奉湯藥，不曾拋棄遠離。

到了聖明的本朝，蒙受清明的教化。之前有太守逵，薦舉臣做孝廉；後來有刺史榮，薦舉臣做秀才。臣因爲無人供養祖母，所以辭謝沒有接受任命。詔書特別頒下，任命臣爲郎中；不久又蒙國恩，改任臣爲太子洗馬。我憑藉卑微低賤的身分，能夠侍奉太子，這不是臣犧牲生命，所能報答陛下的。臣詳盡地呈表報告，懇辭不能就職。昭書急切嚴峻，責備臣逃避怠慢。郡縣的官員逼迫，催臣赴任；州裏的官吏也到家中催促，比流星、救火還急速。我想奉命奔馳前往，可是祖母劉氏的病情日漸嚴重；想暫且順從私情奉養祖母，而我的請求卻不被准許。臣的處境實在進退兩難。

臣想：聖明的本朝以孝道治理天下，所有元老舊臣，還蒙受朝廷的憐憫撫育；何況臣的孤單困苦，特別嚴重。而且臣年少時事奉蜀漢，曾任尙書郎，本來就打算在仕途上求顯達，並不愛惜名譽節操。如今臣只不過是亡國的卑賤俘虜，極爲卑微低下，承蒙特別的提拔，所受的恩寵很優厚，哪裏還敢觀望不前，另有其他的希望企求呢？只是因爲祖母劉氏殘生將盡，有如迫近西山的落日，養息微弱，生命垂危，朝不保夕。臣沒有祖母，不能活到今天；祖母沒有臣，也不能終養餘年。祖孫兩人相依爲命，因此臣不忍廢養遠離。臣密今年四十四歲，祖母劉氏今年九十六歲，如此看來，臣爲陛下盡忠的日子還長，報答奉養祖母劉氏的日子卻很少了，像烏鳥反哺的孝養之情，全是出自天然，臣乞求恩准終養祖母！

臣的辛苦，不只蜀地人士以及兩州太守、刺史所親見明知的；實在也是天地神明共同明察的。希望陛下憐憫臣的這一番誠心，聽任臣這微小的心願，希望祖母劉氏可以僥倖地安享天年。臣活著必定犧牲生命報答陛下，若死了也一定結草報恩。

臣像犬馬般懷著無盡的敬畏之心，恭敬地呈表向陛下稟告。

桃花源記

陶淵明

【原文】

晉太元①中，武陵②人，捕魚爲業，緣溪行，忘路之遠近；忽逢桃花林，夾岸數百步，中無雜樹，芳草鮮美，落英繽紛③。漁人甚異之，復前行，欲窮其林。林盡水源，便得一山，山有小口，彷彿若有光，便舍船，從口入。

初極狹，纔通人，復行數十步，豁然④開朗。土地平曠，屋舍儼然⑤。有良田、美池、桑、竹之屬，阡陌⑥交通，雞犬相聞。其中往來種作，男女衣著，悉如外人。黃髮⑦、垂髫⑧，並怡然自樂。見漁人，乃大驚，問所從來？具⑨答之。便要⑩還家，設酒、殺雞、作食⑪。村中聞有此人，咸來問訊。自云：「先世避秦時亂，率妻子邑人來此絕境⑫，不復出焉；遂與外人間隔。」問今是何世，乃不知有漢，無論魏晉。此人一一爲具言所聞，皆歎惋⑬。餘人各復延⑭至其家，皆出酒食。停數日，辭去。此中人語云：「不足⑮爲外人道也。」

既出，得其船，便扶向路⑯，處處誌之⑰。及郡下，詣⑱太守⑲，說如此。太守即遣人隨其往，尋向所誌，遂迷不復得路。南陽劉子驥⑳，高尚士也，聞之，欣然規往㉑，未果，尋病終㉒。後遂無問津㉓者。

【註釋】

①**太元**：東晉孝武帝年號。
②**武陵**：晉郡名，在今湖南省常德縣境。
③**落英繽紛**：英，花也。繽紛，繁多雜亂貌。
④**豁然**：豁，音同「或」。豁然，開通貌。
⑤**儼然**：齊整貌。
⑥**阡陌**：陌。音同「默」。阡陌，田間分界道，東西曰阡，南北曰陌。
⑦**黃髮**：老人髮色轉黃，蓋高壽徵象，故謂老人為黃髮。《詩經》〈魯頌．閟宮〉：「黃髮台背。」鄭箋：「皆壽徵也。」
⑧**垂髫**：兒童垂髮為飾，故謂兒童為垂髫。
⑨**具**：詳盡也。

⑩**要**：音同「夭」，邀請也。
⑪**作食**：作飯也。
⑫**絕境**：與外界斷絕交通之地。
⑬**惋**：驚訝。
⑭**延**：引而進之也，亦邀請之意。
⑮**不足**：猶言不值得。
⑯**便扶向路**：扶，沿也，順也，蓋六朝時方言。《晉書》〈謝安傳〉：「扶路唱樂，不覺至州門。」扶路，猶今言沿路也。向，前時也；向路，謂前時來此之路。
⑰**處處誌之**：誌，記識也。處處爲標記，備再來識路也。
⑱**詣**：往謁也。
⑲**太守**：指武陵郡太守。
⑳**南陽劉子驥**：南陽，郡名，在今河南省南陽縣。劉子驥，名驎之，喜遊山水。
㉑**規往**：規，計畫也。規往，計畫前往也。
㉒**尋病終**：尋，隨即，不久也。言劉隨即病歿。
㉓**問津**：津，渡口；問津，猶言問路，謂訪尋桃花源也。

【作者】

陶潛，字淵明，或云：名淵明，字元亮。世稱靖節先生，晉潯陽柴桑（今江西省九江縣）人。生於東晉哀帝興寧三年，卒於宋文帝元嘉四年（西元三六五—四二七年），年六十三。

潛爲晉名將侃之曾孫，性高潔，博學，工詩文。以親老家貧，起爲州祭酒，不堪吏職，少日自解歸。後爲鎭軍建威參軍，出任彭澤令，凡八十餘日。郡遣督郵至，縣吏曰：「應束帶見之。」潛歎曰：「吾不能爲五斗米折腰，拳拳事鄉里小人！」即日解印綬去，賦〈歸去來辭〉以見志。後徵著作郎，不就。江州刺史王弘欲識之，不能致也。潛不解音聲，而蓄素琴一張，無弦，每酒適，輒撫弄以寄其意。貴賤造之者，有酒輒設，潛若先醉，便語客：「我醉欲眠，卿可去！」其眞率如此。

潛自以曾祖晉世宰輔，恥復屈身異代。自劉裕擅權，不復肯仕。所著文章，皆題其年月：義熙以前，則書晉代年號；自宋武帝永初以後，惟云甲子而已。所著有《陶淵明集》十卷。注本以清陶澍所編《靖節先生集》最著。

【題解】

本篇為〈桃花源詩〉前之敘記，蓋淵明寓言以寄意，非眞實有其地也。淵明身遭世變，不願屈服於暴力政治之下，故託言避秦，而自闢一理想之極樂世界，使後之讀者為之悠然神往，此文學之所以能移我情也。

【翻譯】

東晉太元年間，有個武陵人，靠捕魚維生，一天，他沿著溪水划船前行，忘記走了多遠的路，忽然看到一大片桃花林，在兩岸幾百步的範圍內，這中間沒有其他的樹種，青草芬芳鮮美，落花繁多。漁人非常驚訝，再往前划行，想走完這片桃花林一探究竟。桃花林的盡頭是溪水的源頭，他在那看到了一座山，山有個小洞口，隱約有亮光透出，於是他下了船，從洞口進去。

洞口剛開始很狹窄，僅容一人通過，又走了幾十步，突然變得開闊明亮了。只見土地平坦開闊，房屋排列整齊，有肥沃的田地，美麗的池塘和桑樹，竹林之類的景物。田間小路縱橫交錯，村間雞鳴狗吠的聲音都能聽到。在桃花源中往來耕作的人，男女的穿著完全像外地人，老人和小孩個個都歡欣愉悅，自得其樂。他們看到漁人大吃一驚，問他從何處來？漁人詳細地做了回答。村裏有人就邀請漁人來到自己家裏做客，擺酒、殺雞、做飯款待他。村裏的人聽說來了這麼一個人，就都來打聽消息。他們自己說：「祖先因躲避秦時的戰亂，帶領妻兒、鄉人來到這個與外界隔絕的地方，不再出去，於是就跟外面的人斷絕了來往。」他們問漁人現在是什麼朝代，竟然不知道漢朝，更不用說魏、晉了！漁人把自己知道的事一一詳盡地告訴了他們，聽完後，他們都感嘆惋惜。其餘的人又各自把漁人請到自己家中，都拿出酒飯招待他。漁人停留幾天後，要告辭離開。村裏的人告訴他說：「這裏的事不值得對外面的人說啊！」

漁人出來之後，找到他的船，就沿著先前來的路回去，處處做了標記。到了郡城，就去拜見太守，報告了這件事。太守立刻派人跟隨他前往，尋找先前所作的標記，竟然迷失了方向，再也找不到原來那條路了。南陽劉子驥是個清高的士人，聽到這件事後，高興地計畫前往，但沒有實現，不久就病逝了。以後就再也沒有人去尋訪桃花源了。

五柳先生傳

陶淵明

【原文】

先生不知何許①人也，亦不詳其姓字，宅邊有五柳樹，因以爲號焉。閑靜少言，不慕榮利。好讀書，不求甚解②；每有會意，便欣然忘食。性嗜酒，家貧不能常得；親舊知其如此，或置酒而招之。造飲輒盡，期在必醉；既醉而退，曾不吝情去留③。環堵④蕭然⑤，不蔽風日；短褐⑥穿結⑦，簞瓢屢空⑧。晏如⑨也。常著文章自娛，頗示己志。忘懷得失，以此自終。

贊⑩曰：黔婁⑪之妻有言：「不戚戚⑫於貧賤，不汲汲⑬於富貴。」味⑭其言，茲若⑮人之儔⑯乎？啣觴⑰賦詩⑱，以樂其志。無懷氏之民歟？葛天氏之民歟？⑲

【註釋】

①**何許**：何處。
②**不求甚解**：不執著在字句上，作穿鑿附會的瞭解。
③**曾不吝情去留**：從來不會捨不得離開。
④**環堵**：房屋四壁。
⑤**蕭然**：空寂的樣子。
⑥**短褐**：褐，音同「河」，粗布。短褐，粗布短衣。
⑦**穿結**：穿，破洞，結，打結，縫補。穿結，形容衣服的破爛。
⑧**簞瓢屢空**：簞，音同「丹」，盛飯的圓形竹器。簞瓢屢空，是說飲食常常缺乏不足。
⑨**晏如**：安然自得的樣子。
⑩**贊**：史書列傳後都有贊語，是作者對傳中人的評論。
⑪**黔婁**：春秋時魯國的賢者，持身清高，不求仕進。其妻也有賢德，見《列女傳》。
⑫**戚戚**：憂慮的樣子。
⑬**汲汲**：汲，音同「吉」。汲汲，不休息的樣子。指努力去求取。
⑭**味**：品味，思量。

⑮**若人**：此人。
⑯**儔**：音同「愁」，類。
⑰**啣觴**：啣，同銜；觴，音同「傷」，酒杯。啣觴，飲酒。
⑱**賦詩**：作詩。
⑲**無懷氏之民歟？葛天氏之民歟？**：無懷氏和葛天氏都是傳說中上古的帝王。這二句是說五柳先生像是生活在上古淳樸的社會中的人。

【作者】

陶淵明，見本書第145頁〈桃花源記〉作者簡介。

【題解】

這一篇等於是作者的自傳，寫他自己的個性、愛好和生活。他這種不慕榮利的高潔品格和任眞自得的曠遠懷抱，是最令人景仰的。

【翻譯】

先生不知道是什麼地方的人，也不清楚他的姓名字號，他的住宅旁邊有五棵柳樹，因此就稱爲五柳先生。

先生生性閒散沉靜，不喜歡多說話，不追慕榮華利祿。喜歡讀書，但不拘泥字句，不刻意探求問題，作詳細的理解。每當讀到會心之處，便高興地忘了吃飯。生來喜歡喝酒，可是家裏很窮，不能常常有酒喝。親戚朋友知道他有這個嗜好，有時會準備酒來邀請他，他到了就盡情喝酒，總是把酒喝光，希望能喝醉。喝醉了就告辭，去留完全隨心所欲，一點也不留戀。他的屋子四壁空蕩蕩的，遮蔽不住風吹日曬；穿的粗布短衣破破爛爛，簞瓢等食器經常是空著的，但他卻是安然自得，不以爲意。常常寫文章自娛自樂，很能顯示自己的心志。對於世俗得失，從不放在心上，他願意就這樣度過一生。

贊語說：黔婁的妻子曾經說過：「對於貧賤從不感到憂慮，對於富貴也不急於求取。」仔細推敲這兩句話，五柳先生大概就是黔婁這一類的人吧！飲酒作詩，來愉悅自己的心志，他是無懷氏時代的人呢？還是葛天氏時代的人呢？

與陳伯之書

丘遲

【原文】

遲頓首。陳將軍足下，無恙①，幸甚！幸甚！將軍勇冠三軍，才為世出②。棄燕雀之小志，慕鴻鵠以高翔③，昔因機變化，遭遇明主④，立功立事，開國稱孤⑤，朱輪華轂，擁旄萬里⑥，何其壯也？如何一旦為奔亡之虜⑦，聞鳴鏑⑧而股戰，對穹廬⑨以屈膝，又何劣邪？

尋⑩君去就之際，非有他故，直以不能內審諸己，外受流言⑪，沉迷猖獗⑫，以至於此。聖朝赦罪責功⑬，棄瑕錄用，推赤心於天下⑭，安反側於萬物⑮。此將軍之所知，非假⑯僕一二談也。朱鮪涉血於友于⑰，張繡剚刃於愛子⑱，漢主⑲不以為疑，魏君⑳待之若舊，況將軍無昔人之罪，而勳重於當世？夫迷途知返，往哲是與㉑，不遠而復，先典攸高㉒。主上屈法申恩，吞舟是漏㉓。將軍松柏不翦㉔，親戚安居；高臺未傾㉕，愛妾尚在；悠悠爾心，亦何可言㉖？今功臣名將，雁行有序㉗。佩紫懷黃㉘，贊帷幄之謀㉙；乘軺建節㉚；奉疆場之任㉛；並刑馬作誓㉜，傳之子孫。將軍獨靦顏借命㉝，驅馳氈裘之長㉞，寧不哀哉？

夫以慕容超之強，身送東市㉟；姚泓之盛，面縛西都㊱。故知霜露所均，不育異類；姬漢舊邦，無取雜種㊲。北虜僭盜中原，多歷年所㊳，惡積禍盈，理至燋爛。況偽孽昏狡㊴，自相夷戮，部落攜離，酋豪猜貳㊵。方當繫頸蠻邸，懸首藁街㊶，而將軍魚游於沸鼎之中，燕巢於飛幕之上㊷，不亦惑乎？

暮春三月，江南草長，雜花生樹，群鶯亂飛。見故國之旗鼓，感平生於疇日；撫弦登陴㊸，豈不愴悢㊹？所以廉公之思趙將㊺，吳子之泣西河㊻，人之情也。將軍獨無情哉？想早勵良規，自求多福。

當今皇帝㊼聖明，天下安樂；白環西獻㊽，楛矢東來㊾；夜郎滇池，解辮請職㊿；朝鮮昌海(51)，蹶角(52)受化。唯北狄(53)野心，掘強沙塞(54)之間，欲延歲月之命耳。中軍臨川殿下(55)，明德茂親(56)，總茲戎重(57)，弔民洛汭(58)，伐罪秦中(59)。若遂(60)不改，方思僕言，聊布往懷(61)，君其詳(62)之！丘遲頓首。

【註釋】

①**無恙**：問候之辭。《爾雅》〈釋詁〉：「恙，憂也。」郭注：「今人云無恙，無憂也。」《匡謬正俗》引《風俗通》云：「恙，噬人蟲也，善噬人心，人每患苦之。」按：古人穴居野處，多蛇蟲之患，蓋古代問候之遺語也。

②**才為世出**：言才能為救世而生。

③**棄燕雀之小志，慕鴻鵠以高翔**：燕雀，小鳥，處堂巢梁；鴻鵠，大鳥，一舉千里：故以喻志氣之大小。

④**因機變化，遭遇明主**：明主指梁武帝。因機變化，為乘時機棄齊降梁。

⑤**開國稱孤**：《老子》：「王侯自稱孤、寡、不穀。」齊和帝中興元年十二月，建康城平，伯之進號征南將軍，封豐城縣公，食邑二千戶，還鎮江州。梁武帝亦嘗封伯之為豐城縣公。

⑥**朱輪華轂，擁旄萬里**：朱輪，朱漆車輪；華轂，文飾車轂。朱輪華轂，貴者所乘之車。擁旄，猶言持節。古時天子賜大將旄節，以專制軍事。萬里，謂在遠方。又漢時州牧，號為萬里，見荀悅《漢紀》。伯之曾任江州刺史，故云。

⑦**一旦為奔亡之虜**：指伯之叛梁奔魏事。一旦，謂忽然。奔亡，猶言奔逃。虜，奴隸也。

⑧**鳴鏑**：響箭也，匈奴冒頓所作。鏑，音同「笛」，箭鏃。

⑨**穹廬**：胡人所居之氈帳。《漢書》〈西域傳〉：「（烏孫）公主悲愁，自為作歌曰：『穹廬為室兮旃為牆。』」此指魏朝廷。魏為鮮卑族拓跋氏，沿用胡俗。

⑩**尋**：察也，求也。

⑪**外受流言**：伯之不識書，與奪決於屬吏，以豫章鄧繕為別駕，永興戴永忠為參軍，河南人褚緭，輕薄無行，投伯之，大見親狎。梁武帝徵別駕鄧繕，繕說伯之曰：「京師府庫空竭，無復兵仗，三倉無米，東境亂流，機不可失。」緭、永忠共贊成之，伯之遂反。

⑫**沉迷猖獗**：迷惑放肆。

⑬**責功**：求功也。

⑭**推赤心於天下**：言以誠心待天下之人。漢光武帝不疑降人，降者為之感動曰：「蕭王（稱光武）推赤心置人腹中，安得不效死乎！」事見《後漢書》〈光武紀〉。

⑮**安反側於萬物**：反側，輾轉不安也。安反側於萬物，謂安萬物之不安者。漢光武破邯鄲，誅王郎，收文書，得吏人謗毀之書數千通，乃會諸將燒之曰：「令反側子自安。」事見《後漢書》〈光武紀〉。

⑯**非假**：猶言不用、不需要。

⑰**朱鮪涉血於友于**：涉，與喋通，音同「碟」。殺人流血滂沱曰喋血。《論語》〈為政篇〉：「友于兄弟。」後世習稱兄弟為「友于」。漢更始帝劉玄即位之初，朱鮪為大司馬，劉縯為大司徒；劉縯威名日盛，朱鮪因勸更始殺劉縯。後朱鮪守洛陽，縯弟劉秀（光武帝）攻洛陽，遣岑彭說鮪降，鮪懼不敢降。光武詔之曰：「建大事者不忌小怨，今降，官爵可保，況誅罰乎？」鮪遂降，

帝拜鮪為平狄將軍，封扶溝侯。鮪，音同「偉」。

⑱**張繡剚刃於愛子**：張繡，東漢末人，驍勇善戰。建安二年春正月，以宛城（今河南南陽縣）降曹操。繼而復反。敗曹兵，流矢傷操，殺操長子昂、弟子安民。四年十一月，張繡復率眾降操，封列侯。剚，音同「自」，插也。

⑲**漢主**：指光武帝。

⑳**魏君**：指曹操。

㉑**迷途知反，往哲是與**：《楚辭》〈離騷〉：「迴朕車以復路兮，及迷途之未遠。」往哲，前賢也。與，稱許也。

㉒**不遠而復，先典攸高**：《周易》〈復卦〉初九：「不遠復，无祇（大也）悔。」先典，指《周易》。言失而不遠，能復於善，乃先典所推崇。

㉓**屈法申恩，吞舟是漏**：言不用刑法而施恩惠。吞舟是漏，喻法網甚寬。《史記》〈酷吏列傳〉：「漢興，網漏於吞舟之魚。」吞舟之魚，巨魚也。

㉔**松柏不翦**：仲嘗統《昌言》：「古之葬，松柏梧桐以識其墳。」因以松柏為墳墓之代語。翦，伐也。松柏不翦，謂祖宗墳墓如故。

㉕**高臺未傾**：高臺，指所居館邸。言伯之之居宅安全，未被查封也。

㉖**悠悠爾心，亦何可言**：悠悠，思也。言梁相待之厚，汝心思之，尚有何可言者乎？

㉗**雁行有序**：言百官朝列班次有序，如雁行也。雁飛行列有序。行，音同「杭」。

㉘**佩紫懷黃**：言佩紫綬，懷黃金印也。

㉙**讚帷幄之謀**：言讚助天子決策於內。《漢書》〈張良傳〉：「運籌策帷幄中，決勝千里外，子房功也。」

㉚**乘軺建節**：軺，音同「姚」，輕車。建節，猶言擁旄節。

㉛**奉疆埸之任**：言奉守邊疆之任。埸，音同「亦」，界也。

㉜**刑馬作誓**：殺馬宣誓也。古盟誓之禮，殺馬取血以書盟書，所以示信也。

㉝**靦顏借命**：靦，音同「舔」。靦顏，面慚也。借命，言叛國之人，生命已絕，特暫時借命苟活耳。

㉞**氈裘之長**：指魏帝。氈裘，胡人所服。

㉟**慕容超之強，身送東市**：慕容超，鮮卑人，東晉安帝義熙元年，繼慕容德爲南燕主，略有今山東半島東部，屢寇晉邊。六年二月，東晉將劉裕滅南燕，陷廣固，超被俘送建康（今南京），斬首示眾。古者刑人於市。《漢書》〈鼂錯傳〉：「錯衣朝衣，斬東市。」東市，謂市在長安東也。

㊱**姚泓之盛，面縛西都**：姚泓，南安羌族。義熙十二年，僭即後秦王位，都長安。據有今陝西中部、河南南部、甘肅東部。十三年，東晉劉裕北伐，克長安，泓降，縛送建康正法。面縛，雙手反縛於後也。西都，指長安。

㊲**雜種**：猶言異族。

㊳**北虜僭盜中原，多歷年所**：北虜，指北魏。年所，猶言年數、年次。魏道武帝拓跋珪於東晉孝武帝太元十一年（西元三八六年），僭號開國，至梁天監五年，已歷一百二十年。

㊴**僞孽昏狡**：庶子曰孽。昏狡，愚闇奸猾。時魏主爲宣武帝，名恪。恪爲孝文帝次子，孝文殺太子恂，立恪，故稱宣武帝爲僞孽。

㊵**自相夷戮，部落攜離，酋豪猜貳**：夷戮，誅殺也。攜，本自作㩦，有二心也。酋豪，酋長。猜貳，猜疑異心也。朱珔《文選集釋》：「《魏書》〈宣武紀〉：景明二年，咸陽王禧謀反，賜死。所云夷戮指此。景明四年，梁州氐反，又討反蠻。正始二年，武興氐反。所云攜離、猜貳者是已。」

㊶**繫頸蠻邸，懸首藁街**：《漢書》曰：「沛公至霸上，秦王子嬰係頸以組。」又陳湯上疏曰：「斬郅支首及名王以下，宜懸首藁街蠻夷邸閒。」藁街，在長安城門內。蠻邸，蠻夷來京師所居之館邸。

㊷**魚游於沸鼎之中，燕巢於飛幕之上**：喻處境之危殆。《後漢書》〈朱穆傳〉：「養魚沸鼎之中，棲鳥烈火之上，用之不時，必也焦爛。」《左傳》襄公二十九年：「夫子之在此也，猶燕巢於幕之上。」

㊸**撫弦登陴**：陴，音同「皮」，城上小牆。袁宏《漢獻帝春秋》：「臧洪報袁紹書曰：『每登城勒兵，望主人之旗鼓，感故交之綢繆，撫弦搦矢，不覺流涕之覆面也。』」

㊹**愴悢**：悲恨也。悢，音同「亮」。

㊺**廉公之思趙將**：《史記》〈廉頗傳〉：「廉頗爲趙將伐齊，大破之，拜爲上卿。趙孝成王卒，悼襄王立，使樂乘代之；頗怒，攻樂乘，遂奔魏。久之，魏王不能用。楚聞廉頗在魏，遣人迎之至楚。廉頗一爲楚將，無功，曰：『我思用趙人！』」

㊻**吳子之泣西河**：西河，地名，今陝西舊同州府地，在黃河西岸。《呂氏春秋》〈觀表篇〉：「吳起治西河，王錯譖之魏武侯；武侯使人召吳起，至岸門，止車而立，望西河泣數行下。其僕曰：

『竊覺公之志，視天下若舍屣；今去西河而泣，何也？』吳起雪涕應之曰：『子弗識也！君誠知我而使我畢能，秦必不可亡西河；今君聽讒人之議不知我，西河之爲秦不久矣。』」

㊼**皇帝**：指梁武帝。

㊽**白環西獻**：帝舜九年，西王母來朝，獻白環玉玦。見《竹書紀年》及《世本》。

㊾**楛矢東來**：周武王克商，肅愼氏貢楛矢石砮。見《史記》〈孔子世家〉。肅愼，古國名，在今吉林省境。楛，木名，可爲矢。

㊿**夜郎滇池，解辮請職**：夜郎在今貴州西境，滇池在今雲南，皆古西南夷部落，其俗椎髻辮髮。解辮，言解編髮，從漢冠，爲內臣。

(51)**朝鮮昌海**：朝鮮，今韓國。昌海，即蒲類海，一名鹽澤，即今新疆吐魯番縣西南之羅布淖爾湖。

(52)**蹶角**：以額角叩地。

(53)**北狄**：指北魏，北魏拓跋氏，本北狄種人。

(54)**沙塞**：沙，沙漠；塞，長城。

(55)**中軍臨川殿下**：太祖第六子宏，於武帝天監元年，封臨川郡王。三年，爲中軍將軍。殿下，百官對諸王之稱。

(56)**明德茂親**：明德，大德。茂親猶懿親、至親之意。

(57)**總茲戎重**：統軍事重任。

(58)**弔民洛汭**：汭，音同「瑞」。水曲曰汭。洛汭，洛水入黃河處，在河南鞏縣。弔民，謂撫慰收復區之民衆。

⑲**伐罪秦中**：討伐侵占陝西之罪人。時魏據有陝西。
⑳**遂**：終竟。
㉑**往懷**：猶言前意。
㉒**詳**：細密考慮。

【作者】

丘遲，字希範，梁吳興烏程（今浙江吳興縣）人，生於宋孝武帝大明八年，卒於梁武帝天監七年（西元四六四－五〇八年），年四十五。

遲八歲能屬文，辭采麗逸。南齊時舉秀才，蕭衍用為驃騎主簿，其被禮遇。衍即位，拜散騎侍郎，遷中書郎，待詔文德殿。梁武帝天監三年，任永嘉太守。四年任臨川王宏諮議參軍。還京，任司空從事中郎，七年卒官。有《丘司空集》。

【題解】

陳伯之，梁濟陰睢陵（今安徽盱眙縣西）人，初事齊東昏侯，為江州刺史。據尋陽（今江西九江），拒蕭衍，旋降，即以為江州刺史。後又舉兵反，兵敗，與子虎牙投附北魏。魏命爲使持節散騎常侍，都督淮南諸軍事，平南將軍。天監四年（西元五〇五年）十月，詔臨川王宏北伐，軍於洛口（在今安徽懷遠縣），宏命遲爲書招之。伯之得書，即擁兵八千歸梁。此書首敘伯之過聽流言，叛棄宗國之非，繼則喻之以恩，動之以利，威之以禍，感之以情，層層深入，使悍將爲之幡然改圖，以鶯飛草長之美辭，收魯連、食其之偉績，誠文壇之佳話也！

【翻譯】

丘遲叩拜陳大將軍足下：別來一切安好，値得慶幸！値得慶幸！將軍的英勇是三軍之冠，才能也是應世的豪傑。您志向遠大，擯棄燕雀處堂的小志，仰慕鴻鵠高飛。當初順應機緣，遇上了賢明的君主，建立功勳，成就事業，得以封爵稱孤，乘坐華麗的車子，持著旄節指揮雄兵，號令一方，是多麼威武雄壯啊？怎麼一下子竟成了逃亡異族的俘虜，聽見異族響箭就兩腿發抖，面對著北魏的朝堂就下跪禮拜，這又是多麼卑劣下賤啊？

探究您離開梁朝投靠北魏的當時，並沒有其他的原因，只不過是因爲自己內心考慮不周，在外又受到謠言的挑唆，一時迷惑狂妄，不辨是非，才到了今天這個地步。當今朝廷對臣下寬赦其罪過而求其立功，不計較過失而任用其長才，以赤誠之心對待天下之人，使心懷疑慮的人安心，這是將軍您清楚的，不需我再一一細說了。從前朱鮪曾參與殺害漢光武帝的哥哥劉縯，劉秀並不因此疑忌他，反而誠心誠意地招降他；張繡曾用刀刺殺了曹操的愛子曹昂，魏王曹操在張繡再次歸降之後，待他仍像過去一樣。何況將軍既無朱、張二人的罪過，功勳又見重於當代？誤入迷途而知道復返，這是古代賢明之人所贊許的，在過錯還不十分明顯的時候而能改正，這是古代經典中所推崇的。當今皇帝放寬刑度，申明恩惠，即使是罪惡深重的人都蒙受赦免。將軍的祖墳未被損毀，親人戚族也都安在，家中住宅完好，妻妾家人仍然健在。您心裏好好想想，還有什麼可說的呢！如今滿朝功臣名將的封賞任命，井然有序。文臣佩戴紫綬，懷揣著黃金大印，在朝堂上輔佐天子謀劃軍國大計；武將乘坐輕車豎立旄旗，擔當防守邊疆的重任。而且朝廷殺馬飲血立下誓約，功臣名將的爵位可以傳給子孫後代。唯有將軍還厚著臉皮，苟且偷生，爲異族的統治者奔走效力，難道不可悲嗎！

憑著南燕王慕容超的強橫，最後身死刑場；後秦君主姚泓那麼強大，也在長安被反縛生擒。由此可見，霜露均霑的天地之間，不能讓外族人繁衍；華夏中原是漢人建立的國家，絕不容許異族佔領。北魏霸占中原已有好多年了，罪惡早已積累盈滿，是應當滅亡的時候了。再說北魏君王昏聵狡詐，自相殘殺，內部四分五裂，部族首領互相猜忌，各懷異心，即將被綁縛到京城斬首示衆。而將軍您卻像魚在開水鍋裏游動一樣，像燕子在飄動的帷幕上築巢一樣，不是太糊塗了嗎？

暮春三月，在江南綠草如茵，樹上各種各樣的花朵競相開放，一群一群的黃鶯振翅翻飛。將軍每當您登上城牆，手持著弓弦，遠望故國軍隊的軍旗，聽見故國的戰鼓聲，回想往日在梁的生活，能不傷懷？這就是當年廉頗仍想回趙國再度出任趙將，吳起離開西河望著它哭泣的原因，懷舊是人之常情。將軍難道沒有這種感情嗎？切望您能早定良策，自己爭取幸福的前途。

當今皇上十分英明，天下平安百姓歡樂，西王母從西方獻上白玉環，肅慎氏從東方進貢楛矢。夜郎、滇池兩國，解開髮辮，請求納貢稱臣，朝鮮和西域昌海都叩頭歸順接受教化。只有北魏野心勃勃，頑抗於沙漠長城之間，企圖苟延殘喘。中軍將軍臨川王殿下，德行昭明，是皇上至親，總攬這次北伐的軍事重任，進軍洛陽安撫百姓，到關中討伐逆賊。倘若您仍執迷不悟，不思悔改，到時一定會想起我的這一番話。姑且用這封信來表達我一向的看法，希望您能仔細地考慮考慮。丘遲拜上。

與宋元思①書

吳均

【原文】

風煙俱淨，天山共色②，從流飄蕩，任意東西③。自富陽④至桐廬⑤，一百許里，奇山異水，天下獨絕。

水皆縹⑥碧，千丈見底，游魚細石，直視無礙。急湍甚箭⑦，猛浪若奔。夾岸高山，皆生寒樹⑧。負勢競上，互相軒邈⑨，爭高直指⑩，千百成峰。泉水激石，泠泠⑪作響；好鳥相鳴，嚶嚶⑫成韻。蟬則千轉⑬不窮，猿則百叫無絕。鳶飛戾天⑭者，望峰息心⑮；經綸⑯世務者，窺谷忘返。橫柯上蔽，在晝猶昏；疏條交映，有時見日。

【註釋】

①**宋元思**：字玉山。是吳均的朋友。

②**風煙俱淨二句**：是說沒有風，沒有雲氣、霧氣，眼前所看到的是青天，是青山。

③**從流飄蕩二句**：是說坐在船裏，隨著流水，任它飄向四方。

④**富陽**：今浙江省富陽縣。

⑤**桐廬**：今浙江省桐廬縣。

⑥**縹**：音同「瞟」，淡青色。

⑦**急湍甚箭**：水流得很急，比飛箭還快。

⑧**寒樹**：耐冷常青的樹木。

⑨**互相軒邈**：軒，高舉的樣子。邈，音同「秒」，渺遠的樣子。互相軒邈，互爭高遠的意思。

⑩**直指**：一直朝上伸展。

⑪**泠泠**：音同「玲玲」，水聲。

⑫**嚶嚶**：音同「英英」，禽鳥和鳴的聲音。

⑬**轉**：通「囀」，鳥叫。這裏指蟬鳴。

⑭**鳶飛戾天**：戾，音同「立」，到達。鳶飛戾天，這裏是比喻人飛黃騰達的意思。

⑮**息心**：停止追求名利的欲望。
⑯**經綸**：經，治理。綸，音同「倫」，絲。經綸，這裏指處理政事。

【作者】

吳均，字叔庠，吳興故鄣（今浙江省安吉縣西北）人。生於南朝宋明帝泰始五年（西元四六九），卒於梁武帝普通元年（西元五二〇），年五十二歲。擅長描寫山水景物，在當時文壇上頗負盛名。著有《吳朝請集》、《續齊諧記》等書。

【題解】

這一篇文章是從《吳朝請集》中選錄出來的。描寫從富陽到桐廬間沿途的山光水色。

【翻譯】

沒有一絲風，煙霧都消散，天空和群山是同樣的顏色。我坐在船裏隨着江流飄蕩，任它飄向四方。從富陽縣到桐廬縣大約一百里左右，奇異的山水，是天下獨一無二的美景。

江水都是淡青色，千丈深的地方也能見到底，游魚和細石可以清楚地看見，毫無障礙。湍急的水流比飛箭還快，迅猛的波浪像奔馳的馬。

兩岸的高山，都生長著耐冷常青的樹木。山巒仗著地勢競相向上，相互爭著往高處和遠處伸展，筆直地指向天空，形成了成千成百的山峰。

泉水衝激著石頭，發出泠泠的清響；美麗的鳥兒互相和鳴，嚶嚶的鳴聲形成和諧的韻律。蟬長時間鳴叫不停，猿猴也一聲一聲不斷地啼叫。飛黃騰達的人看到這些山峰，就會平息追求名利的欲望；治理政務的人，看到這些山谷，就會流連忘返。橫斜的樹枝在上面遮蔽著，雖在白晝，林間仍顯得昏暗，稀疏的枝條交相掩映，有時可以見到陽光。

諫太宗十思疏

魏徵

【原文】

臣聞求木之長者，必固其根本；欲流之遠者，必浚①其泉源；思國之安者，必積其德義。源不深而望流之遠，根不固而求木之長，德不厚而思國之治，雖在下愚，知其不可，而況於明哲乎？人君當神器②之重，居域中之大③，將崇極天之峻，永保無疆之休④，不念居安思危，戒奢以儉，德不處其厚，情不勝其欲，斯亦伐根以求木茂，塞源而欲流長者也。

凡百元首⑤，承天景命⑥，莫不殷憂⑦而道著，功成而德衰，有善始者實繁，能克終者蓋寡。豈其取之易而守之難乎？昔取之而有餘，今守之而不足，何也？夫在殷憂，必竭誠以待下；既得志，則縱情以傲物。竭誠則胡越為一體⑧，傲物則骨肉為行路⑨。雖董⑩之以嚴刑，震之以威怒，終苟免⑪而不懷仁，貌恭而不心服。怨不在大，可畏惟人⑫，載舟覆舟⑬，所宜深慎，奔車朽索⑭，其可忽乎！

君人者，誠能見可欲，則思知足以自戒；將有所作，則思知止以安人；念高危，則思謙沖而自牧⑮；懼滿溢，則思江海而下百川⑯；樂盤遊，則思三驅以爲度⑰；憂懈怠，則思愼始而敬終；慮壅蔽⑱，則思虛心以納下；想讒邪，則思正身以黜⑲惡；恩所加，則思無因喜以謬賞；罰所及，則思無因怒而濫刑。總此十思，弘茲九德⑳。簡能㉑而任之，擇善而從之，則智者盡其謀，勇者竭其力，仁者播其惠，信者效其忠。文武爭馳，君臣無事，可以盡豫遊㉒之樂，可以養松喬之壽㉓，鳴琴㉔垂拱㉕，不言而化。何必勞神苦思，代下司職，役聰明之耳目，虧無爲之大道㉖哉？

【註釋】

①**浚**：音同「軍」。深治之也。

②**神器**：謂帝位。按：《老子》：「將欲取天下而爲之，吾見其不得已，天下神器，不可爲也。」老子目天下爲神器，爲之帝者擁有天下，因以帝位爲「神器」。

③**居域中之大**：《老子》：「域中有四大：道大，天大，地大，王亦大。」

④**將崇極天之峻，永保無疆之休**：峻，高；休，美也。崇，亦高，此處用作動詞。無疆，無限度、無

窮盡也。謂居天子之位，將至極天之高，長保無窮之美。

⑤**凡百元首**：謂所有君主。

⑥**丞天景命**：景命，大命也。奉天大命，謂受天命君臨天下。

⑦**殷憂**：深憂也。意謂當艱苦之時。陸機〈歎逝賦〉：「在殷憂而弗遠。」

⑧**胡越為一體**：胡在北，越在南，喻疏遠也。爲一體，合爲一身，休戚與共也。

⑨**行路**：謂行路之人，漠不相關也。

⑩**董**：督也、正也。

⑪**苟免**：謂苟且求免也。《禮記》〈曲禮〉：「臨難毋苟免。」

⑫**可畏惟人**：人，民也。唐太宗李世民，避其諱，故用人字。言可畏者乃民人也。

⑬**載舟覆舟**：荀子〈哀公篇〉：「孔子曰：『君者，舟也；庶人者，水也。水則載舟，水則覆舟。』」

⑭**奔車朽索**：《尚書》〈五子之歌〉：「懍乎若朽索之馭六馬。」懍，懼也。朽索，腐繩也。六馬駕車，而以朽索制馭之，喻其危也。

⑮**謙沖而自牧**：謙沖，謙虛也。牧，養也。自養其德。《周易》〈謙卦・初六象辭〉：「謙謙君子，卑以自牧也。」

⑯**江海而下百川**：老子《道德經》：「江海所已能爲百谷王者，以其善下之。」河上公注：「江海以卑，故衆流歸之，若民歸就王。」

⑰**樂盤遊，則思三驅以為度**：此謂畋獵當有節制。盤通般，樂也。《周易》〈比卦・九五爻辭〉：

「王用三驅。」疏曰：「三驅之禮，先儒皆云三度驅禽而射之也。三度則已。」按：已，止也。或云：三驅者，圍合其三面，前開一路，使之可去，不忍盡物，好生之仁也。

⑱**壅蔽**：謂耳目蔽塞也。

⑲**黜**：音同「觸」，斥退也。

⑳**總此十思，弘茲九德**：九德，見《尚書》〈皋陶謨〉：「寬而栗（敬嚴也），柔而立，愿（謹也）而恭，亂（治也）而敬，擾（順也）而毅，直而溫，簡而廉，剛而塞（實也），彊而義。」二句意謂總十思工夫，弘大九種德行。

㉑**簡能**：簡，選擇也。簡能，即選用有能者。

㉒**豫遊**：《孟子》〈梁惠王篇〉：「一遊一豫，爲諸侯度。」趙岐注：「豫，亦遊也。」

㉓**松喬之壽**：赤松子、王子喬，皆古仙人。《漢書》〈王吉傳〉：「心有堯舜之志，則體有松喬之壽。」

㉔**鳴琴**：《說苑》〈政理〉：「宓子賤治單父，鳴琴，身不下堂，而單父治。」言無爲而治也。

㉕**垂拱**：《尚書》〈武成〉：「垂拱而天下治。」言天子垂衣拱手，無爲而天下自治。

㉖**無為之大道**：道家主張清靜無爲。老子《道德經》云：「道常無爲而無不爲。」

【作者】

魏徵，字玄成，魏州曲城（據《畿輔通志》，曲城，即下曲陽，今河北省晉縣西）

人。生於北周靜帝大象二年，卒於唐太宗貞觀十七年（西元五八〇—六四三年），年六十四。

徵少落拓有大志，嘗出家為道士，好讀書，多所通涉。見天下漸亂，尤屬意縱橫之說，以十策干李密，密不能用，後隨密降唐。太宗踐祚，擢徵為諫議大夫，封鉅鹿縣男。太宗勵精政道，數引至臥內，訪以得失。徵亦喜逢知己之主，思竭其用，知無不言，凡二百餘奏，無不剴切。遷尚書左丞，又遷秘書監，參預朝政。進侍中，封鄭國公，固辭，乃拜特進，仍知門下省事。貞觀十六年，拜太子太師，卒贈司空，諡文貞。徵沒後，太宗常思之不已，謂侍臣曰：「夫以銅為鏡，可以正衣冠；以古為鏡，可以知興替；以人為鏡，可以明得失。朕常保此三鏡，以防己過。今魏徵殂逝，遂亡一鏡矣！」其見重於太宗如此。

【題解】

此篇為說理文，乃魏徵上唐太宗奏疏。自漢以來，奏事或稱上疏，疏者條其事而陳之也。首段用淺顯之比喻以明安國當積德義。次段言自古人主，多道著於艱難開創之時，而德衰於功成得志之後，不可不深省切戒。末段以十思進諫，陳治理之要道。名言至論，誠執政之金鑑也。

【翻譯】

臣聽說希望樹木長得高大，必先穩固它的根本；想要河流流得長遠，必先疏通水道的泉源；想要國家安定，必先累積道德仁義。泉源不深卻希望河流流得長遠，根不穩固卻希望樹林長得高大，道德仁義不深厚卻想要國家安定，臣雖是愚笨的人，也知道不可能，何況是聰明睿智的您呢？天子承擔帝位的重任，處於天下崇高的地位，將達到像天一般的崇高，永保無窮的美好。如果不知居安思危，用節儉戒除奢華，道德仁義不夠深厚，情感無法克制慾望，這就好比砍伐樹根而希望樹木茂盛，堵塞泉源卻希望河流流得長遠一樣。

歷代所有的帝王，承受上天賦予的偉大使命，他們沒有一個不為國家深切地憂慮而治理成效顯著的，但大功告成之後國君的品德就開始衰微了。國君開頭做得好的確實很多，能夠堅持到底的實在很少。難道是取得天下容易、守住天下困難嗎？過去奪取天下時力量有餘，現在保有天下卻力量不足，這是為什麼呢？通常憂患深重時，必定竭盡誠心對待臣民，成功後，就放縱自己的性情傲慢待人。竭盡誠心待人，則距離遙遠的胡越之人也能合為一體，傲慢待人，則骨肉至親也會疏離如路人。即使用嚴刑來督責百姓，用權勢來威嚇他們，人民終究只是以苟且的態度逃避刑責，卻不能心懷仁德，表面恭順內心卻不誠服。可怕的不在民怨的大小，而是民心的背離，就好比水可以承載舟船，也可以翻覆舟船一樣，所以，應該特別謹慎，就像用腐爛的繩索來駕駛飛奔的馬車一樣危險，怎麼可以疏忽呢？

做國君的人，如果見到喜歡的事物，就該想到知足來警戒自己；想要大興土木，就要想到要適可而止來使百姓安定；想到位高勢危，就應該用謙虛的態度修養自己；害怕驕傲自滿，就想到要像江海那樣能夠容納百川；喜愛打獵遊樂，就要想到像古代明君以三次驅射禽獸為限度；憂懼鬆懈怠慢，就該想到要謹慎的開始與結束；憂慮耳目被蒙蔽，就該想到虛心接納臣民的意見；擔心奸邪進讒言，就要想到端正己身斥責壞人；施恩時，就該想到不要因一時高興而胡亂獎賞；刑罰時，就該想到不要因一時發怒而濫用刑罰。總括這十思的反省功夫，弘揚這九種美德，選拔有才能的人任用他，挑選好的意見聽從它，那麼有智慧的人就能充分獻出他的謀略，勇敢的人就能竭盡他的才能，仁愛的人就能散播他的恩惠，誠信的人就能獻出他的忠誠。文臣武將爭相效力，君臣之間相安無事，可以盡情享受出遊的快樂，可以頤養得像赤松子、王子喬一般長壽，皇上彈著琴，垂衣拱手就能治理好天下，不用多說什麼，就能教化天下人了。何必勞苦自己，代替臣下管理職事，役使自己聰明的耳目，損害清靜無爲的治國要道呢？

山中與裴迪秀才書

王維

【原文】

近臘月下①，景氣②和暢，故山殊可過③。足下④方溫經⑤，猥⑥不敢相煩，輒便往山中，憩感配寺⑦，與山僧飯訖而去。

北涉玄灞⑧，清月暎郭。夜登華子岡⑨，輞水⑩淪漣，與月上下⑪。寒山遠火，明滅林外。深巷寒犬，吠聲如豹。村墟夜舂，復與疏鐘相間。此時獨坐，僮僕靜默，多思曩昔，攜手賦詩，步仄逕⑫，臨清流也。

當待春中⑬草木蔓發，春山可望，輕鯈出水，白鷗矯翼⑭，露溼青皋⑮，麥隴⑯朝雊⑰。斯之不遠，儻⑱能從我遊乎？非子天機⑲清妙者，豈能以此不急之務相邀？然是中有深趣矣，無忽⑳！

因馱黃檗人往㉑，不一㉒。山中人王維白㉓。

【註釋】

①**近臘月下**：是說接近十二月的時候。陰曆十二月，也稱臘月。
②**景氣**：這裏是說景色、氣候。
③**故山殊可過**：故山，指輞谷（在今陝西省藍田縣西南）。殊可過，是說非常適宜遊覽。
④**足下**：稱人的敬詞。
⑤**方溫經**：正在溫習經書。
⑥**猥**：表示謙卑的語氣。
⑦**感配寺**：當是「感化寺」的誤寫。寺在終南山。
⑧**玄灞**：黑黝黝的灞水。灞水，源出藍田縣東。
⑨**華子岡**：王維輞川別墅附近的一個山岡。
⑩**輞水**：就是輞川，在藍田縣南二十里。
⑪**與月上下**：是說水中月影隨波盪漾。
⑫**仄逕**：仄，狹隘。逕，同「徑」，小路。
⑬**春中**：是說春天。
⑭**矯翼**：是說張開翅膀飛翔。矯，是「舉」的意思。

⑮**皋**：音同「高」，水澤旁邊的土地。
⑯**麥隴**：麥田。隴，田中高地。
⑰**朝雊**：早晨雄雉的啼鳴。雊，音同「夠」，雄雉鳴。
⑱**儻**：音同「躺」，當「或」講。
⑲**天機**：天賦的性靈。
⑳**無忽**：不要忽視。
㉑**因馱黃蘗人往**：是說這封信，順便託背黃蘗的人帶去。馱，音同「駝」，背負。黃蘗，木名，可作藥用。蘗，音同「伯」。
㉒**不一**：不一一細說。
㉓**白**：表白，陳述的意思。

【作者】

王維，字摩詰，唐太原祁（今山西省祁縣）人。生於武后長安元年（西元七〇一），卒於肅宗上元二年（西元七六一），年六十六歲。他的詩清雅閑淡，意境悠遠；他的山水畫，筆墨清潤，設想精妙。前人稱他「詩中有畫，畫中有詩」。著有《王右丞集》。

【題解】

這一篇是從《王右丞集》裏選錄出來的。作者晚年住在輞川山谷的別墅裏，他的好友裴迪，常來跟他一起遊覽山水，彈琴賦詩。這裏所選的，是他邀約裴迪來山居共遊的一封信。

【翻譯】

接近臘月下旬時，景色宜人，氣候暖和，我們遊過的藍田山很值得來遊覽一下。您正在溫習書經，我不敢貿然打擾您，就獨自到山中遊玩，在感配寺休息，和山裏的和尙吃完飯就離開了。

向北渡過黑色的灞水，皎潔的月光映照著城牆。夜色中登上華子岡，見輞水泛起漣漪，水波或上或下，水中月影也隨之上下盪漾。寒山上遠處的燈火，在樹林外忽明忽滅。深巷中的狗叫，叫聲有如豹吼一般。村子裏傳來舂米聲，又與稀疏的鐘聲相互交錯。這時，我獨自坐著，僮僕已入睡，想起許多從前的事，我們曾一起攜手共遊，賞景賦詩，在狹窄的小路上漫步，觀賞清澈溪流。

等到春天，草木蔓生吐芽，春天的山景更可觀賞。輕盈的鯈魚浮出水面，白色的鷗鳥張開翅膀，晨露打溼了青草地，麥田裏的雉鳥在清晨鳴叫，這些景色離現在不遠了，您能和我一起遊玩嗎？如果不是您天性清遠超妙，我哪裏會拿這些不急的事來邀請您呢？但這其中眞有樂趣啊！請不要忽略！

這封信順便託馱運黃檗的人帶去，不一一細說。山中人王維上。

師說

韓愈

【原文】

古之學者必有師。師者，所以傳道①、受業②、解惑③也。人非生而知之者，孰④能無惑？惑而不從師，其爲惑也終不解矣！

生乎吾前⑤，其聞道也，固先乎吾，吾從而師之；生乎吾後，其聞道也，亦先乎吾，吾從而師之。吾師道也，夫庸⑥知其年之先後生於吾乎？是故無貴、無賤、無長、無少⑦，道之所存⑧，師之所存也。

嗟乎⑨！師道之不傳也久矣！欲人之無惑也難矣！古之聖人，其出人也遠矣⑩，猶且從師而問焉；今之眾人，其下聖人也亦遠矣⑪，而恥學於師；是故聖益聖，愚益愚，聖人之所以爲聖，愚人之所以爲愚，其皆出於此乎？

愛其子，擇師而教之，於其身也則恥師焉⑫，惑矣！彼童子之師，授之書而習其句讀⑬者也，非吾所謂傳其道、解其惑者也。句讀之不知，惑之不解，或師焉，或不⑭

焉，小學而大遺⑮，吾未見其明也。

巫⑯、醫、樂師⑰、百工⑱之人，不恥相師；士大夫之族，曰師、曰弟子云者，則群聚而笑之⑲，問之，則曰：「彼與彼年相若也，道相似也。」位卑則足羞⑳，官盛則近諛㉑。嗚乎㉒！師道之不復㉓可知矣！巫、醫、樂師、百工之人，君子不齒㉔，今其智乃反不能及，其可怪也歟！

聖人無常師㉕，孔子師郯子㉖、萇弘㉗、師襄㉘、老聃。郯子之徒，其賢不及孔子。孔子曰：「三人行，則必有我師㉙。」是故弟子不必不如師，師不必賢於弟子。聞道有先後，術業有專攻㉚，如是而已。

李氏子蟠㉛，年十七，好古文㉜，六藝經傳㉝，皆通習之㉞。不拘於時㉟，請學於余㊱，余嘉㊲其能行古道，作〈師說〉以貽㊳之。

【註釋】

①**傳道**：師以道傳於弟子。道，謂事物當然之理，修己治人之方。昌黎有〈原道〉一文。

②**受業**：受疑當作授，授與也。與下文「授之書而習其句讀」之授同義。業者，大版。古時無紙，

書於木板竹簡，故有「修業」「受業」之稱。授業謂師以詩書六藝文章之業授於弟子也。一解：「所以傳道、受業、解惑也」，皆從學者一面以論師，謂學者欲「傳道、受業、解惑」必賴有師也。下文從師一方面言，故變言「授之書」、「傳其道」、「解其惑」。作受業亦通。

③**解惑**：惑，疑也。解惑，即解道業二者之惑。

④**孰**：誰。

⑤**生乎吾前**：「乎」與介詞「於」同義。

⑥**夫庸**：夫，讀如扶，發語詞。庸，豈也。

⑦**無貴、無賤、無長、無少**：不分貴賤長少。長，音同「掌」；少，音同「紹」。

⑧**存**：在。

⑨**嗟乎**：嗟，歎聲。乎，語助詞。

⑩**其出人也遠矣**：聖人之學問道德超出衆人之上甚遠。

⑪**其下聖人也亦遠矣**：衆人不及聖人亦甚遠。

⑫**於其身也則恥師焉**：自身則以從師爲恥。

⑬**句讀**：文中語意完足曰句；語意未完而點分之，以便誦讀曰讀。讀音同「豆」。

⑭**或不**：不，讀如否。

⑮**小學而大遺**：小謂學習句讀，大謂解道業之惑，學習小者而遺漏大者。

⑯**巫**：爲人降神祈禱者曰巫。

⑰**樂師**：古時教歌舞者。

⑱**百工**：各種工匠。
⑲**曰師、曰弟子云者，則群聚而笑之**：云，語助詞。士大夫之家有以師、弟子相稱者，群聚而譏笑之。
⑳**位卑則足羞**：所師之人如官位卑下，則以爲可恥。
㉑**官盛則近諛**：諛，音同「于」，諂也，以甘言入於人也。所師之人如爲高官，則近於諛諂。
㉒**嗚呼**：歎詞。
㉓**不復**：不能恢復。
㉔**不齒**：齒有排次並列之意。君子卑視巫醫之流，不屑與之同列。
㉕**聖人無常師**：《論語》〈子張篇〉：「子貢曰：『夫子焉不學，而亦何常師之有。』」意謂聖人好學，無所不師，故曰無常師。
㉖**孔子師郯子**：郯，音同「潭」，春秋時小國。郯子，郯國之君。《左傳》昭公十七年，郯子來朝，公與宴，昭公問曰：「少皞氏鳥名官，何故也？」郯子曰：「吾祖也，我知之……。」仲尼聞之，見于郯子而學之。
㉗**萇弘、老聃**：萇弘，周敬王時大夫。老聃，即老子，姓李，名耳，字伯陽，謚曰聃，楚人，仕周爲守藏史。《孔子家語》〈觀周篇〉：「孔子謂南宮敬叔曰：『吾聞老聃博古知今，通禮樂之原，名道德之歸，則吾師也。今將往矣。』與俱至周，問禮于老聃，訪樂于萇弘。」
㉘**師襄**：魯之樂官。《史記》〈孔子世家〉：「孔子學鼓瑟于師襄子。」
㉙**三人行，則必有我師**：《論語》〈述而篇〉：「子曰：『三人行必有我師焉，擇其善者而從之，其

不善者而改之。』」朱熹注曰：「三人同行，其一我也。彼二人者，一善一惡，則我從其善而改其惡焉；是二人者，皆我師也。」

㉚**專攻**：專門學習。

㉛**李蟠**：貞元十九年進士。

㉜**古文**：韓愈力倡古文，以別於當時駢麗之文。

㉝**六藝經傳**：六藝，謂《易》、《禮》、《樂》、《詩》、《書》、《春秋》六經。傳，音同「賺」。解經者為傳，如解《春秋》之《左傳》、《公羊》、《穀梁》謂之春秋三傳。

㉞**通習**：通曉熟悉。

㉟**不拘於時**：不為當時以從師為恥之習俗所拘束。

㊱**請學於余**：求從余治學，即謂以己為師。

㊲**嘉**：嘉美，讚美。

㊳**貽**：贈。

【作者】

韓愈，字退之，唐南陽（《新唐書》以為鄧州之南陽，即今河南南陽縣；朱熹《韓文考異》以南陽為河內之修武；一說，南陽即當時之河陽，今河南省孟縣）人。愈先世蓋嘗居昌黎（昌黎郡故治，在今河北涂水縣西），故愈文每自稱昌黎韓愈，李翺作愈行狀，亦云昌黎人，《舊唐書》〈韓愈傳〉因之。生於大歷三年，卒於長慶四年（西元七六八年—八二四年），年五十七。

愈生三歲而孤，嫂鄭氏撫之成立。早歲刻苦為學，通六經百家之書。德宗貞元八年，登進士第。官至吏部侍郎，卒謚文。宋神宗時，封昌黎伯，故世稱韓昌黎。

愈才高好直言，官刑部侍郎時，憲宗遣使者迎佛骨入宮，愈上表極諫，帝大怒，將置之死，賴裴度等力救，乃貶潮州刺史，直聲動天下。愈自許極高，以聖學為己任，自魏晉以降，佛老盛行，愈不恤生死以排斥之。唐初文章，崇尚駢體。愈力主文以載道之說，以復古為革命，用散文代替駢體之時文，影響當時及後代甚鉅。愈之友柳宗元，宗元之友劉禹錫，暨門弟子李翺、李漢、張籍、皇甫湜、沈亞之、孫樵等，皆以古文名家。至宋歐陽修力尊韓文，蘇洵、曾鞏、王安石、蘇軾、蘇轍繼起，古文遂成文章之正宗。後世選家錄韓、柳、歐、曾、王、三蘇八家文為習文之範本，號稱唐宋八大家，而以愈為首。有《昌黎先生集》。

【題解】

本文篇末謂「李氏子蟠好古文，請學於余，作〈師說〉以貽之」，蓋是贈序性質，猶東坡〈日喻〉贈吳彥律，〈稼說〉贈張琥之比。惟辭意重在說明師道，則仍爲論說文性質。昌黎慨師道之廢，疾時俗之非，故因李蟠之從學，而極陳時俗之失，痛言學必有師之理。文分七段，第一段言學必有師；第二段言道之所存，即師之所在，無貴賤少長之分；第三段言世俗恥學於師，故愚者益愚；第四段舉衆人知爲子擇師，以顯己獨以從師爲恥之謬；第五段舉巫醫百工不恥相師，以明士大夫反以相師爲恥之惑；第六段舉孔子大聖，尚殷勤求師，足證當世恥從師之誤；末段言李蟠不以從爲恥，故作〈師說〉以贈之。按柳子厚〈答韋中立書〉云：「由魏晉氏以下，人益不事師。今之世，不聞有師；有，輒譁笑以爲狂人。獨韓愈奮不顧流俗，犯笑侮，收召後學，作〈師說〉，因抗顏而爲師。世果群怪聚罵，指目牽引，而增與爲言詞，愈以是得狂名。」可見當時風俗之弊，以及昌黎不顧流俗，力挽狂瀾之精神。又按《新唐書》〈韓愈傳〉云：「愈性明銳，不詭隨，與人交，終始不少變，成就後進，士往往知名，經愈指授，皆稱韓門第子。」益知愈之造就人才，轉移風氣，匹夫而能爲百世師者，非偶然也。

【翻譯】

古代學習的人必定有老師。老師，是傳授道理、講授學業、解除疑惑的人。人不是生下來就懂得道理的，誰能沒有疑惑？有了疑惑卻不向老師請教，那些疑惑就永遠得不到解決了！

出生在我之前的人，明瞭道理本來就比我早，我跟隨他，向他學習；出生在我之後的人，明瞭道理也可能比我早，我跟隨他，向他學習。我要學習的是道理啊！何必知道他們出生比我早還是晚呢？所以，無論地位高低，不管年紀大小，「道」所在的地方，就是老師所在的地方。

唉！從師問學的傳統失傳已經很久了！要人們沒有疑惑，很難啊！古代的聖人，他們的才智學養超出一般人很多，尚且跟隨老師，向他們請教；現在衆人遠不如古代聖人，卻以從師問學爲恥。所以聖人更加聖明，愚人更加愚笨，聖人爲什麼會成爲聖人，愚人爲什麼會成爲愚人，大概都出自於這個原因吧！

人們愛自己的孩子，會選擇老師來教導他們，對自身而言，卻以從師問學爲可恥，眞是糊塗啊！那些小孩子的老師，只教孩子們誦讀書本、學習斷句，不是我所說的傳授道理、解除疑惑的人啊！不懂斷句的還肯向老師學習，有疑惑不能解決卻不向老師請教，學習小的卻遺漏大的，我看不出這有什麼聰明之處。

巫師、醫師、樂師和從事各種技藝的人，不以互相學習爲可恥。士大夫一類的人，一說到誰是誰的老師或學生，大家就會聚在一起譏笑他們。問他們爲什麼這樣，他們就說：「他和他年齡相近，學問也差不多啊！」向地位低的人學習就感到羞恥，向官位高的人學習就覺得近於諂媚。唉！從師問學的傳統不能恢復由此可知了！巫師、醫生、樂師和各類工匠，是士大夫們所看不起的，現在他們的見識反而比不上這些人了，這現象眞是令人奇怪啊！

聖人沒有固定的老師：孔子曾拜郯子、萇弘、師襄、老聃等人爲師。郯子這些人，他們的道德才能不如孔子。孔子說：「三人同行，一定有我可以效法或引以爲戒的人。」所以弟子不一定不如老師，老師也不一定比弟子高明。因爲懂得道理有先後的差別，技能和學問上各有專精的研究，如此罷了。

李蟠，年紀十七歲，愛好古文、六經的經文和傳文都通曉熟習了，他不受世俗恥於從師風氣的限制。我讚許他能遵行古人從師學習的風尚，寫這篇〈師說〉送給他。

張中丞傳後敘

韓愈

【原文】

元和二年①四月十三日夜，愈與吳郡張籍②閱家中舊書，得李翰所爲《張巡傳》③。翰以文章自名，爲此傳頗詳密；然尚恨有闕者，不爲許遠④立傳，又不載雷萬春⑤事首尾。

遠雖材若不及巡者，開門納巡，位本在巡上，授之柄而處其下⑥，無所疑忌，竟與巡俱守死，成功名，城陷而虜⑦，與巡死先後異耳。兩家子弟材智下，不能通知二父志⑧，以爲巡死而遠就虜，疑畏死而辭服於賊⑨。遠誠畏死，何苦守尺寸之地，食其所愛之肉⑩，以與賊抗而不降乎？當其圍守時，外無蚍蜉⑪蟻子之援，所欲忠者國與主耳；而賊語以國亡主滅。遠見救援不至，而賊來益眾，必以其言爲信。外無待而猶死守，人相食且盡，雖愚人亦能數日⑫而知死處矣；遠之不畏死，亦明矣。烏有城壞其徒俱死，獨蒙愧恥求活，雖至愚者不忍爲。嗚呼！而謂遠之賢而爲之耶？說者又謂遠與巡分城而守，城之陷自遠所分始。以此詬⑬遠。此又與兒童之見無異。人之將死，其藏腑⑭必有先受其病者；引繩而絕之，其絕必有處。觀者見其然，從而尤⑮之，其亦不達於理矣。小人之好議論，不樂成人之美⑯，如是哉！如巡、遠之所成就，如此卓卓⑰，猶不得免，其他則又何說！

當二公之初守也，寧能知人之卒不救，棄城而逆遁⑱？苟此不能守，雖避之他處何益？及其無救而且窮⑲也，將⑳其創㉑殘餓羸㉒之餘，雖欲去，必不達㉓。二公之賢，其講之精矣㉔。守一城，捍天下，以千百就盡之卒，戰百萬日滋之師，蔽遮江淮，沮遏其勢㉕。天下之不亡，其誰之功也？當是時，棄城而圖存者，不可一二數，擅彊兵坐而觀者相環也㉖，不追議此，而責二公以死守，亦見其自比㉗於逆亂，設淫辭㉘而助之攻也。

愈嘗從事於汴、徐二府㉙，屢道於兩州㉚間，親祭於其所謂雙廟㉛者，其老人往往說巡遠時事，云：「南霽雲之乞救於賀蘭㉜也，賀蘭嫉巡、遠之聲威功績出己上，不肯出師救。愛霽雲之勇且壯，不聽其語，彊留之，具食與樂，延霽雲坐。霽雲慷慨語曰：『雲來時睢陽㉝之人不食月餘日矣。雲雖欲獨食，義不忍。雖食，且不下咽。』因拔刀斷一指，血淋漓，以示賀蘭，一座大驚，皆感激，爲雲泣下。雲知賀蘭終無爲雲出師意，即馳去，將出城，抽矢射佛寺浮屠㉞，矢著其上甎㉟半箭，曰：『吾歸破賊，必滅賀蘭，此矢所以志㊱也。』」愈貞元㊲中過泗州㊳，船上人猶指以相語：「城陷，賊以刃脅降巡，巡不屈，即牽去，將斬之。又降霽雲，雲未應，巡呼雲曰：『南八㊴！男兒死耳，不可爲不義屈。』雲笑曰：『欲將以有爲也；公有言，雲敢不死？』即不屈。」

張籍曰：「有于嵩者，少依於巡。及巡起事，嵩常在圍中。籍大曆㊵中於和州烏江縣㊶見嵩，嵩時年六十餘矣。以巡初嘗得臨渙縣尉㊷，好學，無所不讀。籍時尚小，粗問巡、遠事，不能細也。云：『巡長七尺餘，鬚髯若神。嘗見嵩讀《漢書》㊸，謂嵩曰：「何爲久讀此？」嵩曰：「未熟也。」巡曰：「吾於書讀不過三徧，終身不忘也。」因誦嵩所讀書，盡卷，不錯一字。嵩驚，以爲巡偶熟此卷，因亂抽他帙㊹以試，無不盡然。嵩又取架上諸書，試以問巡，巡應口誦無疑。嵩從巡久，亦不見巡常讀書也。爲文章，操紙筆立書，未嘗起草。初守睢陽時，士卒僅萬人㊺，城中居人户亦且數萬；巡因一見問姓名，其後無不識者。巡怒，鬚髯輒張。及城陷，賊縛巡等數十人坐；且將戮。巡起旋㊻，其眾見巡起，或起或泣。巡曰：「汝勿怖，死，命也！」眾泣不能仰視。巡就戮時，顏色不亂，陽陽㊼如平常。遠寬厚長者，貌如其心，與巡同年生，月日後於巡，呼巡爲兄，死時年四十九。』」「嵩，貞元初死於亳宋㊽間。或傳嵩有田在亳宋間，武人奪而有之，嵩將詣州訟理，為所殺。嵩無子。」張籍云。

【註釋】

①**元和二年**：即西元八〇七年，時愈居京師，為國子博士。元和，唐憲宗年號。

②**吳郡張籍**：張籍，字文昌。《新唐書》〈張籍傳〉稱和州烏江人。此云吳郡，蓋其族望。

③**李翰所為張巡傳**：李翰，趙州贊皇（今河北贊皇縣）人，以進士知名。祿山之亂，翰從張巡客睢陽。巡率睢陽人守城，賊圍攻經年，食盡矢窮，城乃陷，當時謗巡者，言其降賊。翰乃序巡守城事迹，撰張巡姚誾等傳兩卷，上之肅宗，方明巡之忠義。士友稱之。《通鑑考異》引〈張中丞傳〉，是司馬溫公時猶存，後遂亡佚。張巡，南陽人（《舊唐書》以為蒲州河東人），開元進士，由太子通事舍人出為清河令，更調眞源令，安祿山反，起兵討賊，後至睢陽與太守許遠同守城，至德二載，詔拜巡御史中丞。城陷，被執，不屈死。贈揚州大都督。

④**許遠**：杭州鹽官（今浙江海寧）人，祿山之亂，或薦遠素練戎事，玄宗召見，拜睢陽太守，兼防禦使。城陷，死，贈荊州大都督。

⑤**雷萬春**：張巡部將，令狐潮圍之於雍丘（今河南杞縣），萬春立城上，伏弩發，面著六矢，不少動，潮疑為木偶，諜得實，大驚。按李耆卿《文章精義》云：「雷萬春，俗本誤耳。前半篇是說

巡、遠，後半篇是南霽雲，即不及雷萬春事。」茅順甫《韓文鈔》亦謂雷萬春當作南霽雲。閻若璩《潛邱劄記》卷五亦謂作南霽雲爲是。

⑥**開門納巡……而處其下**：《新唐書》〈張巡傳〉：「至睢陽，與太守許遠、城父令姚誾等合。遠自以材不及巡，請稟軍事而居其下。巡受不辭。遠專治軍糧戰具。」

⑦**城陷而虜**：城陷，遠被執，送洛陽，至偃師，亦以不屈死。

⑧**兩家子弟材智下，不能通知二父志**：大曆中，巡子去疾上書云：「孽胡南侵，父巡與睢陽太守遠，各守一面（巡東北，遠西南）。城陷，賊所人自遠分。巡及將校三十餘，皆割心剖肌，慘毒備盡。而遠與麾下無傷，故遠心向背，梁宋人皆知之。則遠於臣不共戴天，請追奪官爵，以刷冤恥。」

⑨**辭服於賊**：卑詞降服於賊。

⑩**食其所愛之肉**：《新唐書》〈張巡傳〉：「巡士多餓死，存者皆痍傷氣之，巡出愛妾，殺以大饗，遠亦殺奴僮以哺卒。」

⑪**蚍蜉**：大蟻。

⑫**數日**：猶言計日。數，音同「蜀」。

⑬**詬**：音同「夠」，恥也。又辱罵也。

⑭**藏腑**：藏，音義同臟。人體內諸器官之總稱。心、肝、脾、肺、腎爲五臟。胃、膽、三焦、膀胱、大腸、小腸爲六腑。

⑮**尤**：過失也。此用作動詞，謂責其過失。

⑯**成人之美**：《論語》〈顏淵篇〉：「子曰：『君子成人之美，不成人之惡；小人反是。』」

⑰**卓卓**：特立貌。《世說新語》〈容止〉：「嵇延祖卓卓如野鶴之在雞群。」

⑱**棄城而逆遁**：逆遁，預先逃去。逆謂先事預度之也。《新唐書》〈張巡傳〉：「時議者或謂巡始守睢陽，衆六萬。既糧盡，不持滿按隊，出再生之路。與夫食人，寧若全人。於是張澹、李紓、董南史、張建封、樊晃、朱巨川、李翰咸謂巡蔽遮江淮，沮賊勢，天下不亡，其功也。翰等皆有名士，由是天下無異言。」

⑲**窮**：困也。

⑳**將**：音同「匠」，率領也。

㉑**創**：音同「窗」，同刱，傷也。

㉒**羸**：音同「雷」，瘦弱。

㉓**雖欲去，必不達**：《新唐書》〈張巡傳〉：「賊知外援絕，圍益急。衆議東奔，巡遠議以睢陽，江淮保障也。若棄之，賊乘勝鼓而南，江淮必亡；且帥飢衆行，必不達。」

㉔**二公之賢，其講之精矣**：二公，指巡遠。言二人講求或守或去之利害至精也。

㉕**蔽遮江淮，沮遏其勢**：蔽遮猶言掩護。沮，音同「舉」，阻止也。李翰〈進張巡傳表〉云：「張巡率烏合之衆，當漁陽之鋒，殺其凶醜，凡九十餘萬。賊所以不敢越睢陽而取江淮，江淮所以保全者，巡之力也。」

㉖**棄城而圖存者，不可一二數，擅彊兵坐而觀者相環也**：《通鑑》二百十九：「至德二載五月，山南東道節度使魯炅棄南陽奔襄陽；八月，靈昌太守許叔冀奔彭城；睢陽士卒，死傷之餘，纔六百

人。是時叔冀在譙郡，尚衡在彭城，賀蘭進明在臨淮，皆擁兵不救。」

㉗**比**：音同「必」，阿附也。

㉘**淫辭**：放蕩之辭。《孟子》〈公孫丑上〉云：「淫辭知其所陷。」

㉙**愈嘗從事於汴徐二府**：二府，謂二州幕府。董晉任宣武節度使，鎮汴州（今河南開封），辟愈為觀察推官。張建封為武寧節度使，鎮徐州（今江蘇銅山），辟愈為節度推官。

㉚**屢道於兩州間**：道，經由也。兩州，指徐州、汴州。

㉛**雙廟**：時詔贈巡揚州大都督，遠荊州大都督，皆立廟睢陽，歲時致祭，號雙廟。

㉜**南霽雲之乞救於賀蘭**：《新唐書》〈南霽雲傳〉云：「南霽雲者，魏州頓丘（今河北清豐縣）人。少微賤，為人操舟。祿山反，鉅野尉張治起兵討賊，拔以為將，尚衡擊汴州賊李延望，以為先鋒，遣至睢陽，與張巡計事。退謂人曰：『張公開心待人，眞吾所事也。』遂留巡所。」又〈張巡傳〉云：「御史大夫賀蘭進明屯臨淮，許叔冀、尚衡次彭城。巡使霽雲如叔冀請師，不應。巡復遣如臨淮告急，引精騎三十冒圍出，賊萬衆遮之，霽雲左右射，皆披靡。」

㉝**睢陽**：睢，音同「雖」。唐睢陽郡治宋城縣，在今河南商邱縣南。

㉞**浮屠**：或云佛圖，梵語塔也。

㉟**甎**：俗作磚。

㊱**志**：記也。

㊲**貞元**：唐德宗年號。

㊳**泗州**：唐泗州治臨淮縣，故城在今安徽泗縣東南。

㊴**南八**：指南霽雲，唐人慣以排行稱人。
㊵**大曆**：唐代宗年號。
㊶**和州烏江縣**：烏江故城，在今安徽和縣東北。
㊷**以巡初嘗得臨渙縣尉**：以巡，謂因巡而立功，得官臨渙縣尉。臨渙縣，故城在今安徽宿縣西南。
㊸**漢書**：書名。東漢班固撰，紀自漢高祖至王莽之誅，凡二百三十九年之事蹟。
㊹**帙**：《說文》：「書衣也。」段玉裁注：「書衣，謂用裹書者，今人謂函。」參閱本書第220頁〈與元微之書〉注釋⑬。
㊺**士卒僅萬人**：段玉裁《說文解字》注：「唐人文字，僅，多訓庶幾之幾，如杜詩：『山樓僅百層。』韓文：『初守睢陽時，士卒僅萬人。』」
㊻**旋**：小便也。一曰：盤旋也。
㊼**陽陽**：《詩》〈王風〉：「君子陽陽。」《毛傳》：「陽陽，無所用其心也。」
㊽**亳宋**：亳爲亳州（今安徽亳縣）。宋爲宋州，宋州即睢陽。

【作者】

韓愈，同本書第185頁〈師說〉之作者簡介。

【題解】

本篇為文公讀李翰〈張巡傳〉有所感觸，乃敘其後。蓋李傳意在為巡辯謗，文公此敘則著意為許遠伸雪，兼記南霽雲事，以補李傳之闕。方苞云：「前三段乃議論，不得曰記張中丞遺事；後二段乃敘事，不得曰讀張中丞傳；故標以〈張中丞傳後敘〉。」全文共分五段：首段論李傳之闕。次段辯許遠畏死之誣，及城陷自遠始之謗。三段明二公不棄城而遁之精意及死守睢陽之大功，而致慨於小人議論之助邪害正。四段敘己所聞南霽雲之忠勇。五段記張籍所聞巡遠軼事。

【翻譯】

憲宗元和二年四月十三日夜晚，我跟吳郡人張籍翻閱家裏舊書，看到了李翰所寫的〈張巡傳〉。李翰以善寫文章自負，這篇傳記寫得很詳細；可是遺憾尚有闕漏的地方，就是沒有替許遠作傳，也沒記載雷萬春事件始末。

許遠才能雖比不上張巡，卻開城門接納張巡，職位本來在張巡之上，卻把軍權讓與張巡而自屈其下，沒有一點疑慮猜忌。最後跟張巡一起守城而死，成就了功名，城破被俘虜，和張巡的死難只是時間先後不同罷了。兩家子弟才智低下，不能完全明白兩位父親的心志，以爲張巡殉難而許遠被俘，就以爲許遠怕死而卑辭請降於叛賊。許遠如果怕死，何必苦守那塊小地方，把他所愛之人的肉與人分食，跟叛賊抵抗而不肯投降呢？當睢陽被圍時，城外沒有一點微薄的援助，所要效忠的，只是國家與君主罷了！可是叛賊告訴他們，國家已經滅亡，君主已經死了。許遠見援軍不來，敵人卻越來越多，一定會相信他們的話是眞的。外面沒有援軍仍然死守，城裏人吃人也快吃完了，就是最笨的人也能算出何時會死亡；許遠的不怕死也就很明顯了。怎會有城被攻破，部下都死亡了，卻獨自承受羞愧苟且求活的呢？即使是最笨的人也不忍心這樣做。唉！卻說像許遠這樣的賢人會這樣做！議論的人又說許遠跟張巡分城防守，城的淪陷從許遠所守的西南方開始，拿這個來責備許遠。這又和孩童的見識沒差別。人將死時，他的五臟六腑一定有先得病的；用力拉斷繩子一定有斷裂的部位；旁觀的人看到人死繩斷的情形，就埋怨那受病部位和斷裂之處，這未免太不通達事理了。小人喜歡議論，不喜歡成人之美，竟然是這樣的啊！像張巡，許遠的成就，這樣卓越崇高，還不能免除他人的批評，其他人還有什麼可說的呢？

當兩人剛守睢陽時，怎會知道別人終究不來救援，預先棄城逃走呢？如果這裏守不住，就是躲到別的地方，又有什麼用呢？等到沒人來救援而將陷入困境的時候，率領那些受傷殘廢、飢餓瘦弱的殘兵，就是想撤退，一定也辦不到。他們兩位那麼聰明，一定謀議得很精細了。守住一座城，來保衛整個國家，用千百個快要死盡的士兵，跟百萬日漸增加的軍隊作戰，掩護了長江、淮河流域，阻止了敵人的攻勢。國家能夠不亡，這是誰的功勞呢？在這個時候，棄城逃生的，不在少數；擁有強大兵力，卻隔岸觀火的，四周都是啊！不追究這些人，卻責備他們兩人死守不當，也可見他們是自己附和叛黨作亂，捏造誇張而無根據的言論，幫助叛賊攻擊忠良啊！

我曾經在汴、徐兩州的幕府做事，常來往於兩地之間，親自到當地人所說的「雙廟」祭祀；當地老人常常談起張巡、許遠的事。說：「南霽雲向賀蘭進明求救，賀蘭忌妒張巡、許遠的聲威功績超出自己之上，不肯出兵救援。可是又愛霽雲的勇敢雄壯，不聽他求救的話，勉強要留下他，擺設了酒席和音樂，請南霽雲上座。霽雲慷慨激昂地說：『我來的時候，睢陽的人已經有一個多月沒東西可吃了。我雖然想吃，在道義上卻不忍心；就是勉強吃，也嚥不下去。』就拔出佩刀砍斷一根手指，鮮血淋漓給賀蘭看。全座大驚，都感動激憤，爲霽雲掉下眼淚。霽雲知道賀蘭終究沒有爲他出兵的意思，就騎馬奔馳而去。快要出城時，他抽一支箭向佛塔射去，箭射中塔磚，陷入一半，他說：

「我回去打敗了敵人，一定要消滅賀蘭，這支箭就當作標記。』」我在德宗貞元年間路過泗州，船上的人還指著中箭的地方告訴我說：「睢陽城陷時，賊人拿著刀威脅張巡投降，張巡不屈，就被拉走，將要殺頭。又威脅南霽雲投降，霽雲沒答話，張巡大喊霽雲說：『南八！男子漢只有一死罷了，不可向不義叛賊屈服。』南霽雲笑著回答說：『我打算藉此有所作為，伺機殺賊呢！您既然這樣說，我怎敢不死呢！』於是就不屈服而被殺。」

張籍說：「有個叫于嵩的，從小跟著張巡。到張巡起事抗賊，他常在圍城中。我在代宗大曆年間，在和州烏江縣見過他。那時于嵩已經六十多歲了，因為張巡的關係，起初曾經做過臨渙縣尉，很好學，無所不讀。我當時還小，大略地問一些張巡、許遠的事，不能詳問。據他說：『巡身高七尺多，鬍鬚美得像神仙，曾看見于嵩讀《漢書》，就說：「為什麼老讀這本書？」于嵩說：「還沒讀熟啊！」張巡說：「我讀書不過三遍，終身不忘。」就背誦所讀的那卷書，背完整卷，不錯一字。于嵩很驚訝，以為張巡恰巧熟讀此卷，於是胡亂抽取另一卷書試他，沒有一卷不是這樣熟背的。于嵩又拿書架上各種書籍試問張巡，張巡應口背誦毫無遲疑。于嵩跟隨張巡許久，也不常看見張巡讀書。寫文章，拿起紙筆立刻寫下，從來不起草稿。剛守睢陽時，士兵將近一萬人，城裏居民也有幾萬戶；張巡只憑一次見面，問過姓名，以後沒有不記得的。張巡生氣時，鬍鬚常常張豎。等到城陷，賊人綁了張巡等幾十個人坐在一起，就要用刑了，張巡起立轉身，部下見他站起來，有的跟著站起來，有的哭泣。張巡說：「你們別害怕，死是命中註定的！」大家哭泣不能抬頭看他。張巡受刑的時候，臉色不變，安詳鎮定就像平常。許遠是個寬厚的長者，面貌跟他內心一樣，和張巡同年生，月日比張巡稍晚，所以稱張巡爲兄；死的時候四十九歲。』」「于嵩，在德宗貞元初死在亳、宋間。有人說于嵩在亳、宋間有些田地，被軍人強佔了去；于嵩要到州裏提出訴訟，被人殺了，于嵩沒有兒子。」這是張籍說的。

祭十二郎文

韓愈

【原文】

年月日①，季父②愈聞汝喪之七日③，乃能銜哀致誠，使建中遠具時羞之奠④，告汝十二郎⑤之靈。

嗚呼！吾少孤⑥，及長，不省所怙⑦，惟兄嫂是依⑧。中年，兄歿南方⑨，吾與汝俱幼，從嫂歸葬河陽⑩；既又與汝就食江南⑪。零丁孤苦，未嘗一日相離也。吾上有三兄⑫，皆不幸早世⑬。承先人後者，在孫惟汝，在子惟吾；兩世一身⑭，形單影隻。嫂嘗撫汝指吾而言曰：「韓氏兩世，惟此而已！」汝時尤小，當不復記憶；吾時雖能記憶，亦未知其言之悲也。

吾年十九⑮，始來京城。其後四年，而歸視汝。又四年，吾往河陽省墳墓⑯，遇汝從嫂喪來葬⑰。又二年，吾佐董丞相⑱於汴州⑲，汝來省吾；止一歲，請歸取其孥⑳。明年，丞相薨㉑。吾去汴州，汝不果來。是年，吾佐戎徐州㉒，使取汝者始行，吾又罷去，汝又不果來。吾念汝從於東，東亦客也，不可以久；圖久遠者，莫如西歸，將成家而致汝㉓。嗚呼！孰謂汝遽去吾而歿乎！吾與汝俱少年，以爲雖暫相別，終當久相與處，故捨汝而旅食京師，以求斗斛之祿㉔，誠知其如此，雖萬乘之公相，吾不以一日輟汝而就也。

去年，孟東野往㉕。吾書與汝曰：「吾年未四十㉖，而視茫茫，而髮蒼蒼㉗，而齒牙動搖。念諸父㉘與諸兄，皆康彊而早世。如吾之衰者，其能久存乎？吾不可去，汝不肯來，恐旦暮死，而汝抱無涯之戚也！」孰謂少者歿而長者存，彊者夭而病者全乎！嗚呼！其信然邪？其夢邪？其傳之非其眞邪？信也，吾兄之盛德而夭其嗣乎？汝之純明而不克蒙其澤乎？少者、彊者而夭歿，長者、衰者而存全乎？未可以爲信也，夢也，傳之非其眞也，東野之書，耿蘭㉙之報，何爲而在吾側也？嗚呼！其信然矣！吾兄之盛德而夭其嗣矣！汝之純明宜業其家㉚者，不克蒙其澤矣！所謂天者誠難測，而神者誠難明矣！所謂理者不可推，而壽者不可知矣！雖然，吾自今年來，蒼蒼者或化而爲白矣，動搖者或脫而落矣。毛血日益衰，志氣日益微，幾何不從汝而死也！死而有知，其幾何離㉛？其無知，悲不幾時，而不悲者無窮期矣㉜！汝之子㉝始十歲，吾之子㉞始五歲，少而彊者不可保，如此孩提者㉟，又可冀其成立邪？嗚呼哀哉！嗚呼哀哉！

汝去年書云：「比㊱得軟腳病，往往而劇。」吾曰：「是疾也，江南之人，常常有之。」未始以爲憂也。嗚呼！其竟以此而殞其生乎？抑別有疾而致斯乎？汝之書，六月十七日也。東野云，汝歿以六月二日。耿蘭之報無月日。蓋東野之使者，不知問家人以月日；如耿蘭之報㊲，不知當言月日。東野與吾書，乃問使者，使者妄稱以應之耳。其然乎？其不然乎？

今吾使建中祭汝，弔汝之孤與汝之乳母。彼有食可守以待終喪，則待終喪而取以來；如不能守以終喪，則遂取以來。其餘奴婢，並令守汝喪。吾力能改葬，終葬汝於先人之兆㊳，然後惟其所願。

嗚呼！汝病吾不知時，汝歿吾不知日；生不能相養以共居，歿不得撫汝以盡哀；斂不憑其棺，窆㊴不臨其穴。吾行負神明，而使汝夭；不孝不慈，而不得與汝相養以生，相守以死。一在天之涯，一在地之角，生而影不與吾形相依，死而魂不與吾夢相接。吾實爲之，其又何尤！彼蒼者天，曷其有極㊵！自今已往，吾其無意於人世矣！當求數頃之田於伊潁㊶之上，以待餘年，教吾子與汝子，幸其成；長吾女與汝女，待其嫁，如此而已！嗚呼！言有窮而情不可終，汝其知也邪？其不知也邪？嗚呼哀哉！尚饗㊷！

【註釋】

①**年月日**：《文苑英華》作：「貞元十九年五月二十六日」。按下文云：「汝之書，六月十七日也」，「東野云：『汝歿已六月二日』」，五月字疑有誤。

②**季父**：即叔父。古時兄弟以伯仲叔季序次，愈上有三兄，故自稱季父。

③**聞汝喪之七日**：愈以所傳喪期乖錯，欲審其實，故遲至七日，乃遣人致祭。

④**使建中遠具時羞之奠**：建中，人名。時愈爲監察御史，在京師，故曰遠，羞同饈，時羞，謂應時食物。奠，置祭也，謂置時羞而祭也。

⑤**十二郎**：《文苑英華》郎下有「子」字。按：唐人稱男子曰郎，或曰，郎子。十二，大排行也。十二郎，名老成。愈次兄介之子，出繼與長兄會爲嗣。

⑥**吾少孤**：李漢《昌黎先生集》序：「先生生於大歷三年戊申。」按愈父仲卿，卒於大歷五年。故〈祭嫂鄭夫人〉又云：「我生不辰，三歲而孤。」

⑦**不省所怙**：省，音同「醒」，審知也。怙，音同「互」，依賴也。《詩》〈蓼莪篇〉：「無父何怙」，後人因稱喪父爲「失怙」。不省所怙，謂不識其父也。

⑧**兄嫂是依**：兄，韓會；嫂，鄭夫人。愈幼養於兄嫂。故鄭夫人卒，愈爲服喪期年。

⑨**中年兄歿南方**：大歷十二年，韓會以起居舍人，坐宰相元載黨貶韶州刺史，後卒於韶州（今廣東曲

江縣），年四十二。時愈年十一。兄四十二而卒，故曰中年。

⑩**河陽**：舊縣名，故城在今河南孟縣西。

⑪**就食江南**：建中二年（西元七八一年），成德、魏博諸節度使相繼作亂，韓氏有別業在宣城（今安徽宣城縣），因往居焉。韓集〈歐陽生哀辭序〉：「建中貞元間，余就食江南。」按：時愈年十六。

⑫**上有三兄**：愈有兄會、介、弇。介有二子，曰百川，曰老成。會無子，以老成爲嗣。

⑬**早世**：《左傳》昭公三年：「早世隕命。」按：早世，言早年逝世也。

⑭**兩世一身**：言兩代接單傳也。

⑮**吾年十九，始來京城**：貞元二年（西元七八六年），時愈年十九，自宣城至京師。

⑯**省墳墓**：省，音同「醒」，視也、察也。省墳墓，即祭掃墳墓。

⑰**遇汝從嫂喪來葬**：此貞元十一年（西元七九五年）事，時愈年二十八。

⑱**董丞相**：指董晉，曾居宰相位五年，故稱爲董丞相。貞元十二年（西元七九六年），董晉任宣武節度使汴州刺史；十四年，晉辟愈爲觀察推官。

⑲**汴州**：今河南開封。

⑳**孥**：音同「奴」，妻子之總稱。

㉑**丞相薨**：薨，音同「烘」。諸侯死曰薨。唐制，凡喪二品以上稱薨。貞元十五年二月，董晉病卒，愈護喪至洛陽。

㉒**佐戎徐州**：董晉卒，愈從喪出，不四日，汴軍亂。愈往徐州（今江蘇銅山縣）依武寧節度使張建

封，建封奏爲節度推官。建封死，徐州軍亂，愈罷去，至洛陽。

㉓**將成家而致汝**：致，招致也。將成立家業而招其姪來歸。

㉔**斗斛之祿**：斛，音同「胡」。古以十斗爲斛。斗斛之祿，言微祿也。

㉕**孟東野往**：東野名郊，武康人，唐貞元進士，以詩名，有《東野集》。時往江南爲溧陽尉。

㉖**吾年未四十**：時愈年三十六。

㉗**蒼蒼**：灰白色。

㉘**諸父**：愈父仲卿，叔父少卿、雲卿、紳卿。

㉙**耿蘭**：僕人名。

㉚**宜業其家**：言應當能成其家業也。

㉛**死而有知，其幾何離**：如果死後仍有知覺，則相離知日能有幾何？意謂己亦不久當相處泉下。

㉜**其無知，悲不幾時，而不悲者無窮期矣**：如果死後無知覺，則我爲汝而悲傷之日無幾，而不悲者卻無盡時，蓋以生知悲，死不知悲矣。

㉝**汝之子**：老成有二子，曰湘，曰滂。滂出嗣百川，此蓋指湘。

㉞**吾之子**：愈子名昶。

㉟**孩提**：謂幼兒。《孟子》〈盡心上〉：「孩提之童，無不知愛其親也。」

㊱**比**：音同「彼」，近時。

㊲**如耿蘭之報**：一本無如字。或云：如即而也，音近通借。

㊳**兆**：塋地。

㊴**窆**：音同「扁」，下棺於穴也。
㊵**彼蒼者天，曷其有極**：彼蒼者天，《詩》〈秦風．黃鳥篇〉文，猶言蒼蒼者天。曷其有極，《詩》〈唐風．鴇羽篇〉文。極，已也，此呼天哀苦之辭，意謂天何使我至於此極也。
㊶**伊潁**：二水名。伊水源出河南盧氏縣東南，下流入洛。潁水源出河南登封縣西境潁谷，東南入淮。
㊷**尚饗**：祭文結尾習用之語。尚，庶幾也。饗，飲食也，尚饗，望空來饗也。

【作者】

韓愈，同本書第185頁〈師說〉之作者簡介。

【題解】

本篇爲哀祭之辭，乃抒情文。祭文當宣讀以告逝者，故古代祭文，多用韻文駢語。此篇獨以散文行之者，蓋愈與老成分爲叔姪，情同兄弟：童稚相依，中經離闊，死斷知聞；情愈哀，故語愈質也。清林雲銘嘗評此文曰：「祭文中出以情至之語，以茲爲最。蓋以其一身承世代之單傳，可哀一。少且強而早世，可哀二。子女俱幼，無以爲自立計，可哀三。就死者論之，已不堪道如此。而韓公不料其死而遽死，可哀四。相依日久，以求祿遠離，不能送終，可哀五。報者年月不符，不知是何病亡，何日歿，可哀六。在祭者處此，更難爲情矣。故自首至尾，句句俱以自己插入伴講，始相依，繼相離，瑣瑣敘出。復以己衰當死，少而強者不當死，作一疑一信波瀾；然後以不知何病，不知何日，慨歎一番。末歸罪於己，不當求祿遠離。而以教嫁子女作結，安死者之心。亦把自家子女，平平敘入，總見自生至死，無不一體關情，悲惻無極，所以爲絕世奇文。」

【翻譯】

某年某月某日，叔父韓愈聽到你死後的第七天，才能含著悲痛來表達眞誠，派了建中從遠方準備應時的祭品，告慰你在天之靈。

唉！我從小失去了父親，長大後，不知道父親長得模樣，只能依靠大哥大嫂。大哥正當中年時，在南方過世，我和你都還小，跟著大嫂把大哥安葬到河陽，又和你到江南謀生，零丁孤苦，從不曾有一天分開。我上面有三個哥哥，都不幸死得早。繼承先人香火的，孫輩只有你，兒輩只有我，兩代都是單傳，形影孤單。大嫂曾經摸著你且指著我說：「韓家兩代只有這兩人了！」你當時年紀很小，必定記不得了；我當時雖然記得，也不瞭解她話中的悲痛啊！

我十九歲來到京城，過了四年才回家看你。又過了四年，我到河陽祭拜祖墳，遇到你護送大嫂的靈柩回家安葬。又過了兩年，我在汴州輔佐董丞相，你來探望我，只停留了一年，你要回家接妻小。第二年，董丞相過世，我離開汴州，你沒來成。這一年，我在徐州，佐理軍務，派去接你的人才啓程，我又離職，你又沒來成。我想你隨我到東邊，也是暫時客居，不能久留，從長計議，不如回到西邊，等安家後再接你。唉！誰料到你突然離我而死了呢！我和你當時都還年輕，以爲雖然暫時分離，最後必定長久相聚，所以離開你到京城謀生，以求得微薄的俸祿。倘若知道事情會這樣，即使是高官厚祿，我也不會離開你一天而去就任的。

去年，孟東野到江南，我寫信給你說：「我年紀不到四十，卻視力模糊，頭髮花白，牙齒鬆動。想到了叔伯跟哥哥們，身體強健卻都過早去世，像我這樣衰弱的人，能夠活得久嗎？我不能離開，你又不肯來，恐怕有一天死了，讓你陷入無窮的哀傷啊！」誰料到年輕的先死，而年長的還活著，身強的短命，而體弱多病的卻保全了呢！唉！難道是眞的嗎？或是做夢呢？還是傳來的消息不眞呢？若是眞的，我哥哥的美德卻會使他的兒子早死嗎？你的純潔聰明卻不能蒙受他的德澤嗎？年輕強健的早死，年長衰弱的卻活了下來嗎？無法令人相信。如果是作夢，傳來的消息不真，東野的來信和耿藍的喪報，爲什麼卻在我身旁呢？唉！是眞的吧！哥哥的良好品德卻早早地失去了後代！你的純潔聰明應能繼承家業，卻不能蒙受他的德澤啊！所謂的天意眞難意料，神意眞難瞭解啊！這是說天理無法推測，年壽的長短也不能預知啊！雖然如此，我從今年以來，灰白的頭髮已經變得全白，鬆動的牙齒有的也已脫落，體力一天天衰老，精神一天天不振，不久將隨你共赴黃泉啊！死後若有知，那麼分離的日子不多了；死後若無知覺，這悲傷的日子也不久了，但不悲傷的日子卻無窮無盡啊！你的兒子才十歲，我的兒子才五歲，年輕強健的都保不住，像這樣的小孩，又能期望他們長大自立嗎？唉！可悲啊！唉！可悲啊！

你去年的信上說：「近來得了軟腳病，常常很嚴重。」我說：「這種病，江南的人常有。」所以不曾爲你擔憂。唉！難道是這種病使你喪生的嗎？或是其他病造成的呢？你的信是六月十七日寫的。孟東野說，你在六月二日去世；耿蘭的喪報沒有寫月份和日期。大概東野的使者不知道向家人詢問日期。而耿蘭的喪報，竟不知道應該告訴日期。東野寫信給我，才問死者，使者就隨便講個日期回答他。是這樣呢？或者不是這樣呢？

現在我派建中前往弔祭，慰問你兒子和乳母。他們如果有糧食，可以守滿喪期，就等到喪期結束再接回他們；如果不能守到喪期終了，就立刻接來；其他的僕人，都要求他們爲你守喪。我有能力改葬，終究要把你葬在先人的墓地，如此才算完成了我的心願。唉！我不知道你何時得病，也不知道你何時去世。你活著的時候不能相互照顧，死了也不能撫摸著你的屍體表達我的哀思，入殮時我不能守在棺木旁，下葬時又不能陪伴在你的墓穴旁。我的行爲對不起神明，使你短命而死。我對長輩不孝，對後輩不慈，所以不能和你相互照顧，生活在一起，直到老去。一個在天涯，一個在地角。你活著的時候，不能和我形影相依，你死了，魂魄不能和我在夢中相見。這些實在是我造成的，又能怨恨誰呢？蒼天啊！生死壽夭怎麼這樣沒有準則呢？

從今以後，我對人世已沒有什麼好留戀的了！打算到伊河和潁河畔買得幾畝田地，來度過我的殘生，教養你我的兒子，期望他們長大成材；撫育你我的女兒，直到她們出嫁，只有這樣的心願罷了！唉！話有說完的時候，悲痛的心情卻是沒完沒了！你理解呢？還是什麼都不知道呢？唉！悲痛啊！希望你的英靈能來享用祭品！

陋室銘

劉禹錫

【原文】

山不在高，有仙則名；水不在深，有龍則靈。斯是陋室，惟吾德馨①。苔痕上階綠，草色入簾青。談笑有鴻儒，往來無白丁②。可以調素琴③，閱金經④。無絲竹⑤之亂耳，無案牘之勞形。南陽諸葛廬⑥，西蜀子雲亭⑦。孔子云：「何陋之有？」

【註釋】

①**德馨**：德望像香氣遠播。馨，音同「心」，遠播的香氣。
②**白丁**：平民。這裏指沒有知識的俗人。
③**素琴**：指無弦琴。
④**金經**：指佛教的經典。

⑤**絲竹**：原指琴瑟和蕭管等樂器，也用來當做樂器的總稱。

⑥**南陽諸葛廬**：諸葛，指諸葛亮，他早年曾在南陽（今河南省南陽縣）結廬躬耕。

⑦**西蜀子雲亭**：揚雄，字子雲，漢蜀郡成都人。生於宣帝甘露元年（西元前五三），卒於王莽天鳳五年（西元一八），年七十一歲。少年時家裏非常窮困。因爲能夠刻苦自勵，後來成爲著名的辭賦作家，揚雄的故居，後人稱爲草玄亭。

【作者】

劉禹錫，字夢得，唐彭城（今江蘇省銅山縣附近人）。生於代宗大歷七年（西元七七二年），卒於武宗惠昌二年（西元八四二），年七十一歲。是中唐著名的文人，與白居易並稱「劉白」。著有《劉夢得文集》等書。

【題解】

這一篇是從《全唐文》裏選錄出來的。作者寫這篇文章來戒勉自己：只要自己多充實學識、修養品德，雖居陋室，一樣能安適自樂。

【翻譯】

山不在於高，有了神仙就有名。水不在於深，有了龍就顯得有了靈氣。這是簡陋的房子，只要我（住屋的人）品德好，就感覺不到簡陋了。苔痕碧綠，長到臺階上；草色青蔥，映入簾中。到這裏談笑的都是知識淵博的人，交往的沒有知識淺薄的人，可以彈奏不加裝飾的古琴，閱讀佛經。沒有奏樂的聲音擾亂雙耳，沒有官府的公文使身體勞累。南陽有諸葛亮的草廬，西蜀有揚子雲的亭子。孔子說：「有什麼簡陋的呢？」

與元微之書

白居易

【原文】

四月①十日夜，樂天白②：

微之③，微之，不見足下面已三年矣④；不得足下書欲二年矣。人生幾何，離闊如此！況以膠漆之心⑤，置於胡越之身⑥，進不得相合，退不能相忘，牽攣乖隔⑦，各欲白首。微之，微之，如何？如何？天實爲之，謂之奈何？

僕初到潯陽時⑧，有熊萬登⑨來，得足下前年病甚時一札，上報疾狀，次敘病心⑩，終論平生交分⑪。且云：「危惙之際⑫，不暇及他，惟收數帙⑬文章，封題其上，曰：『他日送達白二十二郎⑭，便請以代書。』」悲哉！微之於我也，其若是乎！又睹所寄聞僕左降⑮詩，云：

「殘燈無焰影幢幢⑯，此夕聞君謫九江⑰。垂死病中驚坐起，暗風吹雨入寒窗。」

此句他人尚不可聞，況僕心哉！至今每吟，猶惻惻⑱耳。且置是事，略敘近懷。

僕自到九江，已涉⑲三載，形骸⑳且健，方寸㉑甚安。下至家人，幸皆無恙。長兄㉒去夏自徐州㉓至，又有諸院孤小弟妹㉔六、七人，提挈同來。昔所牽念者，今悉置在目前，得同寒暖飢飽：此一泰㉕也。

江州風候㉖稍涼，地少瘴癘，乃至蛇虺蚊蚋㉗，雖有甚稀。湓魚㉘頗肥，江酒㉙極美，其餘食物，多類北地。僕門內之口雖不少，司馬㉚之俸雖不多，量入儉用，亦可自給，身衣口食，且免求人：此二泰也。

僕去年秋始遊廬山㉛，到東、西二林㉜間香爐峰㉝下，見雲水泉石，勝絕第一，愛不能捨，因置草堂。前有喬松十數株，修竹千餘竿；青蘿爲牆垣，白石爲橋道；流水周於舍下，飛泉落於簷間；紅榴白蓮，羅生池砌；大抵若是，不能殫記㉞。每一獨往，動彌旬日，平生所好者，盡在其中，不惟忘歸，可以終老：此三泰也。

計足下久不得僕書，必加憂望；今故錄三泰，以先奉報。其餘事況，條寫如後云云㉟。

微之，微之，作此書夜，正在草堂中，山窗下，信手把筆，隨意亂書，封題之時，不覺欲曙。舉頭但見山僧一、兩人，或坐或睡；又聞山猿谷鳥，哀鳴啾啾。平生故人，去我萬里。瞥然塵念㊱，此際蹔㊲生。餘習所牽，便成三韻云：

「憶昔封書與君夜，金鑾殿㊳後欲明天。今夜封書在何處？廬山庵裏曉燈前。籠鳥檻猿㊴俱未死，人間相見是何年？」

微之，微之！此夕此心，君知之乎？

樂天頓首。

【註釋】

①**四月**：唐憲宗元和十二年四月。據《白香山詩集年譜》，元和十年貶江州司馬，十一年秋遊廬山，擬於香爐峰下作草堂，十二年春草堂成。此書云：「自到九江，已涉三載。」又云：「僕去年秋始遊廬山。」故知是元和十二年。

②**樂天白**：古人作書多有先署己名者，例如：「太史公牛馬走司馬遷再拜言，少卿足下。」「五月二十八日丕白，季重無恙。」白，告語之義。自清世以來，此式漸廢。

③**微之**：元稹，字微之，唐河南人，舉制科，對策第一，累官中書舍人，翰林承旨學士，同中書門下平章事。與白居易交最厚，詩亦同尙平易，世稱元白。稹詩爲穆宗所賞，妃嬪近侍皆能誦之，宮中呼爲「元才子」。有《元氏長慶集》。

④**不見足下面已三年矣**：元和十年春，微之自江陵（今湖北江陵縣）士曹參軍，量移通州（今四川達

縣）司馬，三月三十日，與樂天別於灃上（見《白氏長慶集》十四年夷陵相遇詩序）。灃水源出秦嶺，西北流經長安，樂天與微之分別處，當在長安城外灃水上。別後至作此書時為三年。

⑤**膠漆之心**：膠漆，喻交誼之堅。《史記》〈蔡澤傳〉：「與有道之士為膠漆。」此處作者言與微之交誼堅貞如膠漆也。

⑥**胡越之身**：胡在北，越在南，喻疏遠也。《淮南子》〈俶眞訓〉：「是故自其異者視之，肝膽胡越。」注：「肝膽喻近，胡越喻遠。」此處作者言與微之身隔兩地，如胡越也。

⑦**牽攣乖隔**：攣，音同「戀」，繫也，見《說文》。牽攣，相牽繫不絕也。乖隔，分離也。此處作者意謂心相牽繫而身卻隔離。

⑧**初到潯陽時**：潯陽，郡名，唐江州治，今江西九江縣。樂天到達江州，當在元和十年秋末冬初（據《年譜》）。

⑨**熊萬登**：不詳，待考。

⑩**病心**：病中心情。

⑪**平生交分**：平生即平時。《論語》〈憲問〉：「久要不忘平生之言，亦可以為成人矣。」分，音同「奮」，交分猶交情。（與人相交，彼此契合，謂之投分，分即情分之意。）

⑫**危惙之際**：惙，音同「輟」，憂也，見《說文》。又疲也。《唐書》〈丁公著傳〉：「貌力癯惙。」此處蓋言病危之時。

⑬**帙**：音同「至」，書衣也。見《說文》。段注：「書衣，謂用裹書者，今人曰函。」蓋五代以前，書皆長卷，以貫軸卷舒；其原為長卷，而又摺疊為本者，謂之卷子本；皆與今之線裝書成冊者

異。

⑭**白二十二郎**：即指作者。

⑮**左降**：即貶官，亦稱左遷。《漢書》〈周昌傳〉：「吳極知其左遷。」注：「是時尊右而左卑，故謂貶秩位曰左遷。」

⑯**幢幢**：幢，音同「床」。幢幢，籠覆隱翳之狀。此處形容燈影搖曳。

⑰**九江**：即潯陽，隋改尋陽置九江郡，唐又改爲潯陽。

⑱**惻惻**：惻，痛心也。惻惻，淒悲貌。

⑲**涉**：歷也。

⑳**形骸**：骸，音同「孩」，人體之總稱。形骸，猶言形體。《莊子》〈逍遙遊〉：「豈唯形骸有聾盲哉？夫知亦有之。」

㉑**方寸**：謂心。《三國志》〈蜀志．諸葛亮傳〉：「徐庶辭先主而指其心曰：『本欲與將軍共圖王霸之業者，以此方寸之地也；今已失老母，方寸亂矣。』」

㉒**長兄**：名幼文，曾任浮梁（今江西浮梁縣）主簿，元和十二年閏五月卒，作者有〈祭浮梁大兄文〉。

㉓**徐州**：唐徐州，治彭城，今江蘇銅山縣。

㉔**諸院孤小弟妹**：猶今言同族各房無父之幼弟、弱妹。

㉕**泰**：寬也、安也。《論語》〈子路〉：「君子泰而不驕。」

㉖**風候**：猶言氣候。唐岑參詩：「向南風候暖，臘月見春輝。」

㉗**虵虺蚊蚋**：虵，俗蛇字。虺，音同「悔」，蛇類，一名虺，體長約七寸，土色無紋，有劇毒。蚋，音同「瑞」，蚊類，體卵形，長二公釐許，色黑頭小，螫吸人畜血液。

㉘**湓魚**：指湓水所產之魚。湓水一名龍開河，源出江西瑞昌縣清湓山，東流經九江縣城下，北入長江。

㉙**江酒**：指江州所釀之酒。

㉚**司馬**：官名，唐制於各州置司馬一人，佐刺史治事，猶明清之府同知。

㉛**去年秋始遊廬山**：廬山在江西星子縣西北，九江縣南。周有匡俗者，結廬此山，故名廬山，亦名匡山。作者〈草堂記〉云：「廬山奇秀甲天下山，……元和十一年秋，太原人白樂天見而愛之，……明年春草堂成。」

㉜**東、西二林**：謂東林、西林二寺，均處廬山北麓。東林寺為晉高僧慧遠之道場，尤有名。

㉝**香爐峰**：廬山香爐峰有二，一在山北，唐孟浩然詩：「泊舟潯陽郭，始見香爐峰。」即指此，白樂天草堂在其下。另一在山南，以瀑布著名。李白詩：「日照香爐生紫煙，遙看瀑布挂前川。」則詠南香爐峰也。

㉞**殫記**：殫，音同「丹」，盡也。殫記，即盡記。

㉟**云云**：猶言如此如此。

㊱**瞥然塵念**：瞥，音同「撇」，過目也，見《說文》。瞥然，形容迅疾。塵念，即世俗名利、富貴等念頭。

㊲**蹔**：同暫。

㊳**金鑾殿**：唐大明宮內有金鑾殿。

㊴**籠鳥檻猿**：作者用以喻己與微之二人，同遭嫉忌中傷，謫居在外，一為江州司馬，一為通州司馬，雖為閒官，但仍未返初服，如籠鳥檻猿不得歸山林也。

【作者】

白居易，字樂天，其先太原人，後徙下邽（今陝西渭南縣），生於唐代宗大曆七年，卒於武宗會昌六年（西元七七二—八四六年），年七十五。

居易幼敏慧絕倫，生六、七月，乳母抱立屏下，指「之」「無」二字認之，百試不差。貞元十六年進士；歷官校書郎、翰林學士、左拾遺、太子左贊善。元和十年以直言為當道所忌，貶江州司馬。十三年移忠州（今四川忠縣）刺史。後召還，轉中書舍人。長慶二年，除杭州刺史，調蘇州刺史。太和元年，徵拜秘書監，轉刑部侍郎。五年，除河南尹。會昌二年，以刑部尚書致仕。晚年居洛陽，往來龍門山之香山寺，自稱「香山居士」，又號「醉吟先生」，放意文酒，卒於洛陽。

居易文章精切，尤工詩。其詩清新婉麗，而平易近人，老嫗都解，為中唐一大家。元和長慶間，與元稹唱和，世稱元白，號為長慶體。後又與劉禹錫齊名，號劉白。所著有《白氏長慶集》。

【題解】

本篇爲白樂天謫居江州第三年與元微之書。樂天與微之同登科第，交情最厚。時微之在通州，篇詠贈答往來，不以數千里爲遠。書中款款敘情，詞眞意摯，感人特深。尤以自述三泰，告慰知己，更可見其待友之誠，與順處逆境之道。蓋其襟懷曠達，故能無往而不自得也。

【翻譯】

四月十日晚，樂天告白：

微之啊！微之！已三年沒和你見面了；也將近兩年沒接到你的來信了。人生有多少日子呢？何況我們如膠漆般的友誼，如今卻置身南北兩地，進一步不能相聚在一起；退一步不能互相忘懷，兩人雖時時牽掛，形體卻分隔兩地。微之啊！微之！怎麼辦？怎麼辦？這實在是上天的安排，又能如何呢？

我剛到潯陽時，熊萬登來看我，帶來您前來病重時的一封信，信上先報告病況，接著敘述病中心情，最後又說到往日的情誼。並且說：「當病危時，沒時間顧及其他，只收集了幾篇文章，把它封好，在上面題字，寫著：『以後把這些送給白二十二郎，就用來代替書信。』」眞叫我悲痛啊！微之對我，竟是這麼情深啊！又看到你寄來聽到我被貶官後所作的詩，說：

「殘燈將盡，只剩燈影搖曳著，今夜聽到您被貶謫九江的消息。即將死去的我從病中驚慌坐起，這時只有晚風吹著雨打進寒窗裏來。」這詩句別人尙且不忍聽聞，何況是我又該是怎樣的心情呢？到現在每次吟起這首詩，依然悲悽不已。暫且擱下這件事，說點我最近的心情吧。

我自從來到九江，已過了三年，身體還算健康，心情也很平靜。家中大小，很幸運都沒事，大哥去年夏天從徐州來，還有同族各房中無父的幼弟弱妹等六、七人，都帶著一起來。從前所掛念的人，現在都來到眼前，能夠在一起過著同甘共苦的生活，這是第一件值得安慰的事。

九江的氣候比較涼爽，少有瘴癘之氣，至於毒蛇蚊蟲雖有，但也少。湓水的魚相當肥嫩，江州的酒很醇美，其他食物多半和北方一樣。我家的人口雖不少，司馬的官俸雖不多，只要衡量收入，節省用度，也還可以自給自足，衣食費用，還不用向人求助，這是第二件值得安慰的事。

我去年秋天才遊廬山，到了東林、西林二寺間的香爐峰下，看見白雲流水，幽泉怪石，景色超絕，可說天下第一，我喜歡得捨不得離開，就在那裏蓋了間草堂。前面有十幾棵高大的松樹，一千多棵細長的竹子；用青籮作圍牆，用白石鋪成橋梁走道；流水環繞房子四周，飛泉灑落在屋簷間；紅色的石榴，白色的蓮花，羅列生長在池塘邊、臺階下，景物大致如此，不能詳記。每次獨自前往，一去就超過十天，平日所喜歡的，全部都在這裏了。不但讓人流連忘返，還可以在這裏度過晚年，這是第三件值得安慰的事。

算起來您已很久沒接到我的信了，一定非常憂慮和盼望；現在我特地記述以上三件使我心情安慰的事，先告知您。其他的事情，一一寫在後面。

微之啊！微之！寫這封信的夜晚，我正在草堂裏，山窗邊，順手拿起筆，隨意寫下來，寫好要加封提字時，不覺天快亮了。擡頭只見山僧一兩人，有的坐著，有的躺著；又聽見山裏的猿猴哀鳴，谷裏的鳥兒啾啾地叫著。想到生平老友，與我相隔萬里之遠，紛紛而過的俗念，這時忽然湧上心頭。在作詩的舊習牽引下，寫成了三韻。

「回想從前寫信給您的夜晚，是在京城金鑾殿後天快亮的時候。今夜在何處寫信呢？竟是在廬山庵裏清晨的燈前。我們就像籠中鳥、檻中猿，雖都還沒死，但是想在人世間相見，不知要等到哪一年？」

微之啊！微之！今天晚上我的心情，您知道嗎？

白樂天敬上

始得西山宴遊記

柳宗元

【原文】

自余爲僇人①，居是州②，恆惴慄③；其隙④也，則施施⑤而行，漫漫⑥而遊。日與其徒，上高山，入深林，窮迴溪，幽泉怪石，無遠不到。到則披⑦草而坐，傾壺而醉，醉則更相枕以臥。意有所極⑧，夢亦同趣⑨；覺而起，起而歸。以爲凡是州之山有異態者，皆我有也；而未始知西山⑩之怪特。

今年九月二十八日，因坐法華西亭⑪，望西山，始指異之。遂命僕過湘江⑫，緣染溪⑬，斫榛莽⑭，焚茅茷⑮，窮山之高而止。攀援而登，箕踞⑯而遨⑰，則凡數州之土壤，皆在衽席⑱之下。其高下之勢，岈然⑲洼然⑳，若垤㉑若穴，尺寸千里，攢蹙累積，莫得遯隱㉒；縈青繚白㉓，外與天際㉔，四望如一。然後知是山之特出，不與培塿㉕爲類。悠悠乎與灝氣俱，而莫得其涯㉖；洋洋乎與造物者遊，而不知其所窮㉗。引觴滿酌，頹然就醉，不知日之入。蒼然暮色，自遠而至，至無所見，而猶不欲歸。心凝形

釋，與萬化冥合㉘。然後知吾嚮之未始遊，遊於是乎始，故爲之文以志。是歲元和㉙四年也。

【註釋】

①**僇人**：僇，音同「鹿」，辱也。《荀子》〈非相篇〉：「爲天下大僇。」僇人，有罪受辱之人，謂遭謫貶也。唐永貞元年九月，柳宗元坐王叔文同黨，貶永州司馬，故自稱僇人。

②**是州**：指永州，今湖南零陵縣，地當瀟、瀰二水之會合口，治雖荒遠，而山水特秀。

③**惴慄**：憂懼貌。《詩》〈秦風．黃鳥篇〉：「惴惴其慄。」惴，音同「墜」；慄，音同「立」。

④隟：同隙，空閒時也。

⑤**施施**：施，音同「宜」。施施，徐行貌。《詩》〈王風．丘中有麻〉：「彼留子嗟，將其來施施。」傳：「施施，難進之意。」按：難進謂徐行如不易進也。

⑥**漫漫**：無際涯貌，引申作放縱之意。

⑦**披**：分開。

⑧**極**：至也。

⑨**趣**：向也。

⑩**西山**：在零陵縣西，瀟水之滸，自朝陽巖起，至黃茅嶺止，長亙數里。

⑪**法華西亭**：法華寺，在零陵縣城內東山。宋更名萬壽寺。柳氏有〈永州法華寺新作西亭記〉，略云：「法華寺居永州地最高，余時謫為州司馬，乃取官之祿秩以為其亭。」

⑫**湘江**：元和《郡縣志》：「永州零陵縣，湘水經州四十餘里。」

⑬**染溪**：亦作冉溪，在零陵縣西南，東流入瀟水，柳氏更名曰愚溪。

⑭**斫榛莽**：斫，音同「卓」，砍也。榛，音同「真」。叢木曰榛：叢草曰莽。

⑮**茷**：音同「肺」，草葉多也。

⑯**箕踞**：踞，蹲也。伸其兩足，席地而坐，其形如箕，謂之箕踞。

⑰**遨**：游也，此處意謂游目四顧。

⑱**衽席**：衽，音同「刃」，臥席也。在衽席之下，狀其地之高，俯視無不見也。

⑲**岈然**：岈，音同「蝦」。峆岈，山深之狀。

⑳**洼然**：深下貌。洼，音同「蛙」。

㉑**垤**：音同「碟」，小土堆。

㉒**尺寸千里，攢蹙累積，莫得遯隱**：攢，聚也。蹙，音同「醋」，近也。攢蹙，言聚而相迫近也。遯，音同「盾」，同遁，逃避也。此句謂登高望遠，則千里之景物，收縮聚集於尺寸之間，不得逃出眼界。

㉓**縈青繚白**：縈，音同「迎」；繚，音同「聊」，均纏繞之意。青謂山，白謂水。

㉔**際**：接也。

㉕**培塿**：小山地。塿，音同「摟」。

㉖**悠悠乎與灝氣俱，而莫得其涯**：悠悠，久遠貌。灝，音同「浩」。灝氣，即大氣，謂天地也。此句意謂西山之久遠，與天地同生，而不知始於何時。

㉗**洋洋乎與造物者遊，而不知其所窮**：洋洋，廣大貌。造物者，謂天地之主宰。《莊子》〈天下篇〉：「上與造物者遊。」此句意謂西山之廣大，將與天地之主宰共存，而不識終於何日。

㉘**心凝形釋，與萬化冥合**：謂心靈凝注，形體消釋，隱與萬物合爲一體而不自知。

㉙**元和**：唐憲宗年號。

【作者】

柳宗元，字子厚，唐河東解縣（今山西省解縣）人，生於代宗大曆八年，卒於憲宗元和十四年（西元七七三—八一九年），年四十七。

宗元少精敏。德宗貞元九年進士，累官禮部員外郎、監察御史。順宗永貞元年八月，憲宗即位，貶王叔文等；九月，宗元與同輩七人皆坐王叔文黨同貶，宗元貶邵州刺史；十一月，道貶永州司馬；元和十年，徙柳州刺史卒於任。宗元文章卓偉，自遭貶謫，所作益進。韓愈稱其雄深雅健，似司馬子長。與韓愈並稱韓柳，爲唐宋古文八大家之一，有《柳先生文集》。

【題解】

柳宗元謫官永州時，心益苦而境益閒，乃自肆於山水之間，以抒其抑鬱。所作遊記特工，爲後之記山水者所宗。此篇爲《永州八記》之一，記始得西山遊覽之勝。八記前後聯貫，但各篇亦可獨立，此爲其第一篇。文分二段：首段敘平日遊覽無遠不到，但未知西山之怪特；次段寫西山之特出，及自身心凝形釋與萬化冥合之境界。文境曠奧，筆力蒼勁。曾國藩稱：「柳子厚山水記，破空而遊，并物我納諸大適之域，非他家所有。」可於此文見之。

【翻譯】

自從我被貶爲罪人之後，居住在永州，心中時常憂懼不安。在閒暇的時候，就慢慢地走，隨意的出遊。每天和我的同伴爬上高山，深入濃密的樹林，走到曲折溪流的盡頭，任何有幽泉怪石的地方，無論多遠沒有去不到的。到了這些地方，就把草撥開坐下，倒盡壺裏的酒喝到醉。醉了就互相倚靠而睡，睡了就做夢，心中想到什麼，就夢到什麼。醒了就起來，起來了就回去。自認爲永州所有山水型態特殊的地方，都是我遊覽過的，卻未曾發覺西山的奇特。

今年九月二十八日，因為坐在法華寺的西亭，遠望西山，才指著它覺得非常驚異。於是就叫僕人渡過湘江，沿著染溪，砍伐雜亂叢生的樹木，焚燒茂密的野草，一直到山頂才停止。大家攀援著爬上山頂，伸開兩腿坐在地上隨意遠眺，附近幾州的土地，都在我們的座席下面。山下高低不平的地勢，有的山勢隆起像土堆，有的凹陷像洞穴，千里之遠的景物，聚集收縮在尺寸之間，無法逃離視野。四周青山白雲環繞，在遠方與天相接合，從四面望去都是一樣的。然後才知道西山的奇特，和一般小山並不一樣。西山久遠與天地同生，而不知始於何時；西山廣闊無際與天地同在共存，而看不到盡頭。拿起酒杯倒滿酒，喝到醉倒下來，渾然不知太陽何時下山了。昏暗的暮色從遠處漸漸地來到眼前，到什麼也看不見，還是不想回去。此時精神專注，形體因而了無拘束，達到忘我的境界，與大自然融為一體。在這時候，我才知道先前我不曾眞正的遊賞，眞正的遊賞是從這一次開始，所以寫了這篇文章來記載。這年，是元和四年。

岳陽樓記

范仲淹

【原文】

慶曆①四年春，滕子京②謫守巴陵郡③。越明年④，政通人和⑤，百廢具興⑥，乃重修岳陽樓⑦，增其舊制⑧，刻唐賢今人⑨詩賦於其上，屬予作文以記之⑩。

予觀夫巴陵勝狀⑪，在洞庭一湖⑫。銜遠山⑬，呑長江⑭，浩浩湯湯⑮，横無際涯⑯；朝暉夕陰，氣象萬千⑰；此則岳陽樓之大觀⑱也，前人之述備矣⑲。然則北通巫峽⑳，南極瀟湘㉑，遷客騷人㉒，多會於此，覽物㉓之情，得無異乎？

若夫霪雨㉔霏霏㉕，連月不開㉖；陰風㉗怒號，濁浪排空㉘；日星隱耀㉙，山岳潛形㉚；商旅不行，檣傾楫摧㉛；薄暮冥冥㉜，虎嘯猿啼㉝；登斯樓也，則有去國懷鄉㉞，憂讒畏譏㉟，滿目蕭然㊱，感極而悲者矣！

至若春和景明㊲，波瀾不驚㊳，上下天光，一碧萬頃㊴；沙鷗翔集，錦鱗㊵游泳，岸芷汀蘭㊶，郁郁青青㊷。而或長煙一空㊸，皓月千里㊹，浮光躍金㊺，靜影沉璧㊻；

漁歌互答，此樂何極！登斯樓也，則有心曠神怡㊼，寵辱偕忘㊽，把酒㊾臨風，其喜洋洋㊿者矣！

嗟夫！予嘗求古仁人之心，或異二者之為㉛，何哉？不以物喜，不以己悲㉜；居廟堂㉝之高，則憂其民；處江湖㉞之遠，則憂其君。是㉟進亦憂，退亦憂；然則何時而樂耶？其必曰：「先天下之憂而憂，後天下之樂而樂㊱！」噫㊲！微斯人㊳，吾誰與歸㊴！時六年九月十五日。

【註釋】

①**慶曆**：宋仁宗年號。

②**滕子京**：名宗諒，河南人，與仲淹同年舉進士。慶曆間，知涇州（今甘肅涇川縣）。因仲淹薦，擢天章閣待制。為御史梁堅劾奏，謫知虢州。中丞王拱辰論奏不已，復徙岳州。

③**巴陵郡**：宋時岳州巴陵郡治巴陵縣，即今湖南岳陽縣。

④**越明年**：越，過也。明年，次年。越明年，隔一年，即慶曆六年。

⑤**政通人和**：政事通達，人心和順。

⑥**百廢具興**：百為眾多之稱；具，通俱，皆也；謂所有廢弛之業務皆已興辦。

⑦**重修岳陽樓**：岳陽樓在湖南岳陽縣西門上，俯瞰洞庭湖，景物極美。唐開元四年，岳州刺史張說創建，說與才士登樓，有詩百餘篇，列在樓壁。宋時滕氏重修，范氏作記，蘇子美繕寫，邵竦篆額，時人稱為四絕。

⑧**增其舊制**：擴大舊有規模。

⑨**今人**：當代人。

⑩**屬予作文以記之**：屬音同「主」，同囑，請託也。按《范文正公年譜》云：「慶曆六年丙戌（西元一〇四六年），年五十八歲，公在鄧（時知鄧州——今河南鄧縣），九月十五日作〈岳陽樓記〉，中有『先天下之憂而憂，後天下之樂而樂』之句，蓋允蹈（能實踐）之言也。」

⑪**勝狀**：猶言形勝、佳景。

⑫**洞庭湖**：在湖南省北境，距岳陽縣半公里許。每夏秋水漲，周圍四百餘公里。

⑬**銜遠山**：洞庭湖中有君山，如口之銜物。

⑭**吞長江**：吸收長江之水，故曰吞。

⑮**浩浩湯湯**：浩浩，水廣大貌；湯音同「商」，湯湯，水急流貌。

⑯**際涯**：邊岸。

⑰**朝暉夕陰，氣象萬千**：暉，日光。自朝至暮，氣象變化極多。

⑱**大觀**：偉大景物。

⑲**前人之述備矣**：前人之述，即前人作品，如唐賢今人詩賦之類。備謂完整詳盡。

⑳**巫峽**：長江三峽之一，在今四川省巫山縣東，湖北省巴東縣西。

㉑**瀟湘**：瀟水，源出湖南省寧遠縣南九疑山，至零陵縣西北，入湘水，名曰瀟湘。湘水，源出廣西省興安縣陽海山，北流經長沙，入洞庭湖。

㉒**遷客騷人**：遷，放逐貶謫之意。騷，憂愁之意。遷客騷人，猶言逐客愁人。屈原作〈離騷〉，離騷猶遭憂。後世因稱詩人、辭人曰騷人，義略轉變。

㉓**覽物**：觀賞景物。

㉔**霪雨**：久雨謂之霪雨。

㉕**霏霏**：雨絲密狀。

㉖**連月不開**：不開，不開朗。

㉗**陰風**：冷風。

㉘**排空**：激起在空中。

㉙**日月隱耀**：日星之光耀隱蔽。

㉚**山岳潛形**：山岳之形體深藏。

㉛**檣傾楫摧**：檣，帆柱。楫，槳楫。帆柱傾倒，槳楫摧折。

㉜**薄暮冥冥**：薄暮，傍晚。冥冥，昏暗。

㉝**虎嘯猿啼**：嘯本撮口作聲，引伸爲發聲悠長之意。啼，哀號。

㉞**去國懷鄉**：離開京國，懷念故鄉。古代君國一體，故謂離開朝廷謂去國，多指謫宦逐官而言。

㉟**憂讒畏譏**：讒，詆毀。譏，諷刺。

㊱**蕭然**：蕭條淒涼。

㊲**景**：日光。
㊳**波瀾不驚**：大波曰瀾。不驚，言平靜。
㊴**一碧萬頃**：一碧，一片綠青色。百畝爲頃；萬頃，形容其廣。
㊵**錦鱗**：鱗，魚類總稱。魚鱗光彩美如文錦，故曰錦鱗。
㊶**岸芷汀蘭**：芷音同「之」，芷、蘭，皆香草。汀，水邊平地。
㊷**郁郁青青**：郁郁，香氣馥烈。青青，青音同「京」，同菁，茂盛貌。《詩》〈衛風・淇奧〉：「綠竹青青。」
㊸**長煙一空**：煙霧盡散。
㊹**皓月千里**：明月千里，言清光普照。
㊺**浮光躍金**：躍，跳躍。月光照水，金光閃爍，跳躍水面。此躍，言其動；下沉，言其靜。
㊻**靜影沈璧**：月影倒映水中，如璧玉之下沉。璧，圓形之玉也。
㊼**心曠神怡**：心胸開闊，精神和悅。
㊽**偕忘**：並忘、皆忘。
㊾**把酒**：持杯。
㊿**洋洋**：欣喜得意貌。
(51)**或異二者之為**：或，有也。二者，指前或悲或喜二者。爲，行爲、表現。
(52)**不以物喜，不以己悲**：不以外物美適而喜，不以己身困阨而悲。
(53)**居廟堂**：在朝廷爲官。

(54)**處江湖**：閒居在野。

(55)**是**：此也，指事詞。指進在朝廷，退居草野。

(56)**先天下之憂而憂，後天下之樂而樂**：二語實本原於孟子對齊宣王語：「樂以天下，憂以天下。」而意尤顯豁深入，故爲千古名言。

(57)**噫**：感歎聲，猶言「唉」。

(58)**微斯人**：微，非也、無也。斯人，此人，指不以物喜、不以己悲、先憂後樂之仁人。

(59)**吾誰與歸**：與、歸同義。《國語》〈齊語〉：「桓公知天下諸侯多與己也。」韋昭注：「與，從也。」《呂氏春秋》〈執一篇〉高誘注云：「與猶歸也。」吾誰與歸，即吾歸與誰之倒文。《禮記》〈檀弓下〉：「文子曰：『死者如可作也，吾誰與歸！』」按文子謂死者如可復生而興起，吾等將歸附誰人乎？意謂誰爲賢者，則吾將歸之，傾慕古人之意也。范公此文亦謂吾非歸附先憂後樂之仁人，則吾將歸附何人乎？蓋己心所向往者即此古之仁人也。

【作者】

范仲淹，字希文，宋蘇州吳縣人。生於太宗端拱二年，卒於仁宗皇祐四年（西元九八九—一〇五二年），年六十四歲。

仲淹二歲而孤，母更適長山朱氏，從其姓，名說。少有志操，既長，知其家世，迺感泣辭母，去之應天府（故治在今河南商丘縣南），依戚同文學，晝夜不息。冬月憊甚，以水洗面。食不給，以糜粥繼之。眞宗大中祥符八年，舉進士第。爲廣德軍司理參軍，迎其母歸養，還姓，更其名。仁宗朝，遷吏部員外郎，權開封府，忤呂夷簡，罷知饒州。元昊反，以龍圖閣直學士副夏竦經略陝西。守邊數年，號令嚴明，愛撫士卒，羌人呼爲龍圖老子。夏人亦相戒不敢犯其境，曰：「小范老子，胸中自有數萬甲兵。」時人爲之謠曰：「軍中有一范，西賊聞之驚破膽」。旋拜樞密副使，進參知政事。裁削倖濫，考覈官吏，爲僥倖者所不悅，出知青州，未幾卒，諡文正。

仲淹爲秀才時，即以天下爲己任。學通六經，尤長於《易》，學者多從質問，爲執經講解，無所倦。並推其俸以食四方俊士，如孫復、胡瑗、歐陽修、張載諸人，皆受其裁成。隱然爲當時清流領袖。一時士大夫崇尚風節，自仲淹倡之。史傳稱仲淹內剛外和，汎愛樂善，好施予，置義莊里中，以贍族人。里巷之人，皆樂道其名字，死之日，聞者默不歎息云。

所著有《丹陽集》二十卷、《奏議》十七卷（《四部叢刊》影印明翻元刊本《范文正公集》二十卷）。

【題解】

本篇為記敘文，亦為抒情文，蓋仲淹實借事抒情，自寫懷抱。文分五段：第一段，敘作記原由；第二段，略去巴郡勝概，專就登樓之人覽物異情著筆，引出下文「雨悲」「晴喜」兩種境界；第三段，敘覽物而悲者；第四段，敘覽物而喜者；第五段，敘古仁人先憂後樂，以天下為己任，故能不以物喜，不以己悲；自抒抱負，且勉知己於遷謫之中。歐陽修謂：「公少有大節，於富貴貧賤毀譽歡戚不一動其心，而慨然有志於天下。常自誦曰：『士當先天下之憂而憂，後天下之樂而樂也。』」（見所撰〈范文正公神道碑銘〉）蓋仲淹平日蓄積於胸者，因事而一發於此耳。

【翻譯】

慶曆四年春天，滕子京被貶謫到巴陵郡做太守。到了第二年，政事順暢，人民安居樂業，各種荒廢的事業都興辦起來了。於是重新修建岳陽樓，擴大它原有的規模，把唐代名家和當代人的詩賦刻在樓上，並囑託我寫一篇文章來記述這件事情。

我看巴陵郡的美景，全在洞庭湖上。洞庭湖連接遠處的君山，吞吐長江的水流，湖面廣大而水勢湍急，無邊無際，從早到晚景象千變萬化，這就是在岳陽樓上可看到的壯麗景觀，前人作品的描述已經很完備了。它北邊通往巫峽，南邊到達瀟水、湘水，遭受貶謫的官員和多愁善感的詩人常聚會於此，他們觀賞這些景物的心情，大概會有所不同吧！

至於久雨連綿，連續幾個月天氣都不放晴，寒風怒吼，渾濁的浪衝向天空；太陽和星星隱藏起光輝，山岳隱沒了形體；商人和旅客不能通行，船桅倒下，船槳折斷；傍晚天色昏暗，虎在長嘯，猿在悲啼。此時登上岳陽樓，就會有一種離開京城、懷念故鄉的情懷，擔心被人毀謗，害怕被人批評指責，滿眼都是蕭條的景象，令人感慨至極而悲從中來。

到了春風和煦、陽光明媚的時候，湖面平靜，天色湖光上下輝映，一片碧綠，廣闊無際；沙洲上的鷗鳥飛翔棲息，美麗魚兒在水中游來游去，岸上的香草和沙洲上的蘭花，香氣濃烈，花葉茂盛。有時大片煙霧完全消散，皎潔的月光一瀉千里，月光照在浮動的水面如同閃爍的金光，月影倒映在平靜的水中，有如沉在水中的璧玉，漁夫的歌聲互相答唱，眞是樂趣無窮啊！此時登上這座樓，就會感到心胸開闊，心情愉快，寵辱得失全部忘懷，拿著酒杯，吹著微風，眞是欣喜得意極了！

唉！我曾經探求古代仁人的用心，與遷客騷人因雨而悲、因晴而喜的表現不同，這是爲什麼呢？他們不因外在環境的美惡而悲喜，也不因個人境遇的窮達而哀樂；在朝爲官，就憂慮人民生活疾苦；退居在野，就擔心君王施政得失。如此一來，出仕在朝廷也憂慮，退居在民間也憂慮。那麼要到什麼時候才快樂呢？他一定會說：「在天下人感到憂慮之前就先憂慮，天下人都快樂後才快樂！」唉！如果沒有這樣的仁人，我要歸附誰呢？慶曆六年九月十五日。

醉翁亭記

歐陽修

【原文】

環滁①皆山也。其西南諸峰，林壑②尤美，望之蔚然③而深秀④者，琅邪⑤也。山行六七里，漸聞水聲潺潺⑥，而瀉出於兩峰之間者，釀泉⑦也。峰回路轉⑧，有亭翼然⑨，臨於泉上者，醉翁亭也。作亭者誰？山之僧智僊⑩也。名之者誰？太守⑪自謂也。太守與客來飲於此，飲少輒醉⑫，而年又最高，故自號曰醉翁⑬也。醉翁之意不在酒，在乎山水之間也。山水之樂，得之心而寓之酒⑭也。

若夫日出而林霏開⑮，雲歸⑯而巖穴暝⑰，晦明變化⑱者，山間之朝暮也。野芳發而幽香⑲，佳木秀而繁陰⑳，風霜高潔㉑，水落而石出者，山間之四時也。朝而往，暮而歸，四時之景不同，而樂亦無窮也。

至於負者歌於塗，行者休於樹，前者呼，後者應，傴僂㉒提攜㉓往來而不絕者，滁人遊也。臨谿而漁，谿深而魚肥；釀泉爲酒，泉香而酒洌㉔；山肴野蔌㉕，雜然而前陳者，太守宴也。宴酣之樂，非絲非竹㉖，射者中㉗，弈者勝㉘，觥籌交錯㉙，起坐而喧譁者，衆賓歡也。蒼顏㉚白髮，頹然㉛乎其間者，太守醉也。

已而，夕陽在山，人影散亂，太守歸而賓客從也。樹林陰翳㉜，鳴聲上下，遊人去而禽鳥樂也。然而禽鳥知山林之樂，而不知人之樂；人知從太守遊而樂，而不知太守之樂其樂㉝也。醉能同其樂，醒能述以文者，太守也。太守謂誰㉞？廬陵歐陽修也。

【註釋】

①**環滁**：環，環繞。滁，即滁州。
②**壑**：山谷。
③**蔚然**：草木茂盛的樣子。
④**深秀**：幽深秀麗。
⑤**琅邪**：音同「郎耶」，山名，在滁縣西南十里，東晉時元帝爲琅邪王時，曾避居此山，故名。
⑥**潺潺**：水流的聲音。
⑦**釀泉**：水清冽可以釀酒，故名。
⑧**峰回路轉**：山勢回環曲折，路也隨之轉彎。

⑨**有亭翼然**：有個亭子四角翹起，猶如鳥兒張開翅膀欲飛的樣子。
⑩**智僊**：琅邪山琅邪寺的僧人。僊，同「仙」。
⑪**太守**：古時地方行政長官，秦代稱郡守，漢代稱一郡長官爲太守，宋代以後改郡爲府，故稱知府爲太守。
⑫**飲少輒醉**：飲少量的酒就醉。輒，就。
⑬**自號曰醉翁**：作者〈贈沈遵〉詩：「我年四十猶彊力，自號醉翁聊戲客。」
⑭**得之心而寓之酒**：意承上句，是說將觀賞山水的樂趣，領會在心裏，並寄託於飲酒之中。寓，寄託。
⑮**林霏開**：樹林裏的霧氣消散了。霏，霧氣。
⑯**雲歸**：指雲霧聚攏山間。古人以爲雲由山中出，故說「雲歸」。
⑰**巖穴暝**：山谷昏暗。暝，音同「明」，幽暗。
⑱**晦明變化**：天氣陰晴明暗，變化無常。晦，音同「惠」。
⑲**野芳發而幽香**：野花開放，散發出清幽的香氣。芳，花。發，開放。
⑳**佳木秀而繁陰**：美好的樹木，枝葉茂盛，成爲濃密的綠陰。秀，茂盛。繁陰，樹陰，樹陰濃鬱。
㉑**風霜高潔**：指天高氣爽，霜色潔白。
㉒**傴僂**：音同「于樓」，彎腰駝背，這裏指老年人。
㉓**提攜**：攙領牽引，此指孩童。《禮記》〈曲禮上〉：「長者與之提攜，則兩手奉長者之手。」
㉔**泉香而酒洌**：指用釀泉的水做酒，泉水香甜，酒色澄清。洌，清醇。

㉕**山肴野蔌**：山上的野味和蔬菜。肴，葷菜。蔌，音同「素」，蔬菜。
㉖**非絲非竹**：即不靠樂器伴奏。絲，指琴、瑟等絃樂器。竹，指簫、管等管樂器。
㉗**射者中**：古代宴飲時的一種投壺遊戲，用箭投入壺中，以中否決勝負。投不中的罰酒。
㉘**弈者勝**：下棋的贏了。弈，音同「亦」，圍棋，這裏做動詞用。
㉙**觥籌交錯**：酒杯、酒籌交互錯雜。觥，音同「工」，酒器。籌，音同「愁」，酒籌，用來行酒令或飲酒時計數輸贏的籌碼。交錯，雜亂。
㉚**蒼顏**：蒼老的容顏。
㉛**頹然**：原指精神不振，這裏形容醉倒的樣子。
㉜**陰翳**：樹木枝葉茂密，遮蔽成陰。翳，音同「亦」，遮蔽。
㉝**樂其樂**：樂自己所樂之事。前一個「樂」字是動詞，後一個「樂」字爲名詞。其，指太守。
㉞**謂誰**：是誰。謂，通「爲」。

【作者】

歐陽修，字永叔，晚號六一居士。宋吉州廬陵（今江西吉安縣，一云永豐縣）人。生於眞宗景德四年，卒於神宗熙寧五年（西元一〇〇七—一〇七二），年六十六歲。修四歲喪父，家境貧寒，母鄭氏親自授讀，家貧無紙張，常以荻畫地學書。仁宗天聖八年，舉進士甲科，時年二十四歲。慶曆初召知諫院，改右正言，知制誥。時杜衍、韓琦、范仲淹、富弼相繼罷去，修上疏極諫，貶知滁州（今安徽滁縣），在滁自號醉翁。徙知揚州、穎州（今安徽阜陽），還為翰林學士，奉命重修唐書。嘉祐二年知貢舉，拔取蘇軾、曾鞏等，使當時文風一變。五年拜樞密副使，六年參知政事，與韓琦同心輔政。神宗初，出知亳州（今安徽亳縣），轉青州（今山東益都縣）、蔡州（今河南汝南縣），以太子少師致仕，歸隱於穎州。卒謚文忠。

修博極群書，早年讀《昌黎文集》，苦心探索，遂倡為古文，以明道致用為主旨，天下翕然師尊之。其父造語平易而情韻綿邈，陳師道稱其善敘事，不用故事陳言，而文益高。詩詞亦清新婉約。著有《文忠集》、《新五代史》、《毛詩本義》、《集古錄》，及與宋祁合纂《新唐書》。

【題解】

本文選自《歐陽文忠公文集》，在描寫滁州（今安徽省滁縣）山水之美與作者遊讌之樂，是千百年來為人們極力稱道的一篇山水遊記。

宋仁宗慶曆五年（西元一〇四五年）八月，歐陽修被貶，出任滁州太守，為政以寬，常放情遊樂於山水之間，次年（慶曆六年），作〈醉翁亭記〉。

本文在寫作上的最大特色，是運用剝筍法，先由琅邪山落筆，自外而內，逐步推移，借釋亭名抒發胸臆後，以「樂」字爲主線，環環相扣，層層生發，脈絡清晰，結構精煉。形成了回環往復的韻律，增強了情景交融的氣氛。清初吳楚材《古文觀止》評此文：「通篇逐層脫卸，逐步頓跌，句句是記山水，卻句句是記亭，句句是記太守。似散非散，似排非排，文家之創調也。」

【翻譯】

環繞滁州的都是山。滁州西南方的幾座山峰，樹林和山谷尤其優美。遠遠望去，草木茂盛，景色幽深秀麗，那是琅邪山。沿著山路走六七里，漸漸聽到潺潺的水聲，流水從兩座山峰間傾瀉而出，那是釀泉。山勢回環曲折，山路也跟著轉彎，有一座亭子四角翹起，像飛鳥展翅般立在釀泉上，那就是醉翁亭。建造這亭子的是誰呢？是山上的和尚智僊。爲亭子命名的是誰呢？太守用自己的別號來命名。太守和賓客來這兒飲酒，喝一點就醉了，而且年紀最大，所以自己取號爲「醉翁」。醉翁的意向不在於喝酒，而在欣賞山水的美景。欣賞山水的樂趣，領會在心裏，寄託在飲酒中。

太陽出來時，樹林裏的霧氣消散；雲霧聚攏山間時，山谷就顯得昏暗。這種昏暗明亮的變化，是山中晨昏的景色。野花開放，散發清幽的香氣；美好的樹木枝葉茂盛，形成濃密的綠蔭；天高氣爽，霜色潔白；水位低落，石頭露出；這是山中四季的風光。清晨前往，黃昏歸來，四季的景致不同，樂趣也就無窮無盡。

至於背著東西的人在路上唱歌，走路的人在樹下休息，前面的人呼喚，後面的人應答，老人小孩，往來不斷，這是滁州人來遊山。到溪邊釣魚，溪水深，魚兒肥；用釀泉造酒，泉香甜，酒清醇；山間的野味野菜，雜亂擺在面前，這是太守舉行的宴席。飲宴的酣暢快樂，不需要管弦等樂器。投壺的中了，下棋的贏了，酒杯和酒籌交互錯雜，時起時坐大聲喧鬧，這是賓客歡樂的情景。一個容貌蒼老、頭髮斑白的老人，醉倒在衆人中間，是太守喝醉了。

不久，夕陽下山，人影散亂，太守要回去了，而賓客跟隨著。樹林裏濃蔭遮蔽，鳥兒到處鳴叫，遊人離開後，鳥兒歡樂著。但是鳥兒只知道山林中的快樂，卻不知道人們的快樂；人們只知道跟隨太守遊玩的快樂，卻不知道太守以他們的快樂爲快樂。醉了能和人們一起歡樂，醒來能用文章記述的人，是太守啊！太守是誰？是廬陵歐陽修。

瀧岡阡表

歐陽修

【原文】

嗚呼！惟我皇考崇公①，卜吉②於瀧岡③之六十年，其子修始克表於其阡④；非敢緩也，蓋有待也。

修不幸，生四歲而孤⑤。太夫人守節自誓；居窮自力於衣食，以長以教，俾至於成人。太夫人告之曰：「汝父爲吏廉，而好施與，喜賓客；其俸祿雖薄，常不使有餘。曰：『毋以是爲我累。』故其亡也，無一瓦之覆，一壟之植⑥，以庇⑦而爲生；吾何恃而能自守邪⑧？吾於汝父，知其一二，以有待於汝也。自吾爲汝家婦，不及事吾姑⑨；然知汝父之能養⑩也。汝孤而幼，吾不能知汝之必有立；然知汝父之必將有後⑪也。吾之始歸⑫也，汝父免於母喪⑬方逾年，歲時祭祀，則必涕泣，曰：『祭而豐，不如養之薄也。』間御⑭酒食，則又涕泣，曰：『昔常不足，而今有餘，其何及也！』吾始一二見之，以爲新免於喪適然⑮耳。既而其後常然，至其終身，未嘗不然。吾雖不及事姑，而以此知汝父之能養也。汝父爲吏，嘗夜燭⑯治官書，屢廢而歎。吾問之，則曰：『此死獄⑰也，我求其生不得爾。』吾曰：『生可求乎？』曰：『求其生而不得，則死者與我皆無恨也；矧⑱求而有得邪？以其有得，則知不求而死者有恨也。夫常求其生，猶失之死，而世常求其死也⑲。』回顧乳者劍⑳汝而立於旁，因指而歎，曰：『術者㉑謂我歲行在戌㉒將死，使其言然㉓，吾不及見兒之立也，後當以我語告之。』其平居教他子弟，常用此語，吾耳熟焉，故能詳也。其施於外事，吾不能知；其居於家，無所矜飾㉔，而所爲如此，是眞發於中者邪！嗚呼！其心厚於仁者邪！此吾知汝父之必將有後也。汝其勉之！夫養不必豐，要㉕於孝；利雖不得博㉖於物，要其心之厚於仁。吾不能教汝，此汝父之志也。」修泣而志㉗之，不敢忘。

先公少孤力學，咸平㉘三年進士及第。爲道州判官㉙，泗綿二州推官㉚；又爲泰州㉛判官。享年五十有九，葬沙溪㉜之瀧岡。

太夫人姓鄭氏，考諱德儀，世爲江南名族。太夫人恭儉仁愛而有禮；初封福昌縣太君，進封樂安、安康、彭城三郡太君㉝。自其家少微時，治其家以儉約，其後常不使過之，曰：「吾兒不能苟合於世，儉薄所以居患難也。」其後修貶夷陵㉞，太夫人言笑自若曰：「汝家故貧賤也，吾處之有素矣。汝能安之，吾亦安矣。」自先公之亡二十年，修始得祿而養35。又十有二年，列官于朝，始得贈封其親。又十年，修爲龍圖閣直學士36，尚書吏部郎中37，留守南京38，太夫人以疾終于官舍，享年七十有二。又八年，修以非才，入副樞密39，遂參政事40，又七年而罷。自登二府41，天子推恩，褒42其三世，故自嘉祐43以來，逢國大慶，必加寵錫44。皇曾祖府君45累贈金紫光祿大夫46、太師、中書令47；曾祖妣累封楚國太夫人。皇祖府君48累贈金紫光祿大夫、太師、中書令兼尚書令49，祖妣累封吳國太夫人。皇考崇公，累贈金紫光祿大夫、太師、中書令兼尚書令。皇妣累封越國太夫人。今上初郊50，皇考賜爵爲崇國公51，太夫人進號魏國。

於是小子修泣而言曰：「嗚呼！爲善無不報，而遲速有時，此理之常也。惟我祖考，積善成德，宜享其隆，雖不克有於其躬，而賜爵受封，顯榮褒大52，實有三朝53之錫命，是足以表見於後世，而庇賴其子孫矣！」乃列其世譜，具刻于碑，既又載我皇考崇公之遺訓，太夫人之所以教，而有待於修者，並揭于阡。俾知夫小子修之德薄能鮮，遭時竊位，而幸全大節，不辱其先者，其來有自54。

【註釋】

①**惟我皇考崇公**：惟，發語詞，無義。《禮記》〈曲禮〉：「生曰父，死曰考。」又曰：「父曰皇考。」唐宋碑誌，每稱父曰皇考，南宋以後，始禁止之。修父名觀，字仲賓，贈封崇國公，故稱崇公。

②**卜吉**：《儀禮》〈喪禮〉記葬地、葬日皆當卜筮，卜吉然後行事。故謂葬曰「卜吉」。

③**瀧岡**：瀧，音同「霜」。瀧岡，地名。在今江西永豐縣鳳凰山。

④**表於其阡**：表，墓表。阡，墓道。表於其阡，立表於墓道也。古人或立石墓上，或埋之壙中，皆謂之誌。後世刻石立墓上曰碑、曰表，埋乃曰誌。表以表彰其人，埋以備遷毀也。

⑤**生四歲而孤**：幼而無父曰孤。宋眞宗大中祥符三年，修父卒於泰州，母夫人年方二十九。叔父曄時任隨州推官，遂遷居于隨。家貧無資，母以荻畫地，教修書字。

⑥**無一瓦之覆，一壠之植**：壠，壠畝。無片瓦蓋覆，謂無住宅；無一畝種植，謂無田產。均言其貧。

⑦**庇**：庇護，庇蔭。

⑧**自守邪**：邪同耶，疑問詞。守，謂守節。

⑨**不及事吾姑**：夫之母稱姑。不及事吾姑，言姑已早歿。

⑩**能養**：能供養其親。

⑪**有後**：有賢良後嗣。

⑫**歸**：女嫁曰歸。

⑬**免於母喪**：免除爲母之喪服。

⑭**間御**：間，偶然。御，進也。

⑮**適然**：偶然。

⑯**夜燭**：夜間燃燭。

⑰**死獄**：獄，訟也。死獄，謂關於死刑之訟案。

⑱**矧**：音同「審」，況且。

⑲**夫常求其生，猶失之死，而世常求其死也**：意謂我常欲爲犯人求合法之生路，尚不免誤入人死罪，而一般法官常喜深文周納，判犯人以死刑。

⑳**劍**：《禮記》〈曲禮〉「負劍」，鄭注：「負，爲置之於背；劍，謂挾之於旁。」蓋謂挾於脅下如帶劍也。

㉑**術者**：命相占卜之流。

㉒**歲行在戌**：謂歲星運行在戌也。按：歐公父以景德四年丁未生公，卒於大中祥符三年庚戌。

㉓**言然**：然，是也。言然，謂所言果驗。

㉔**矜飾**：矜持虛飾。

㉕**要**：音同「夭」，求也，期也。曹植〈與楊德祖書〉：「此要之皓首，豈今日之論乎？」

㉖**博**：《左傳》昭三年：「仁者之言，其利博哉。」按：博一作溥（溥，音同「普」），普及也。

㉗**志**：記也。

㉘**咸平**：宋眞宗年號。

㉙**道州判官**：道州，今湖南道縣。判官，官名，唐置；節度、觀察、防禦諸使，皆有判官爲僚屬。

㉚**泗綿二州推官**：泗州，宋泗州臨淮郡治盱眙縣，在今安徽盱眙縣東北。綿州，宋綿州巴西郡治巴西縣，今四川綿陽縣。推官，官名，唐置，爲節度、觀察等使僚屬；宋沿其制，有節度推官、觀察推官等名，而實爲郡佐。元、明於各府皆置推官，掌理刑獄。

㉛**泰州**：今江蘇泰縣。

㉜**沙溪**：在江西永豐縣南。

㉝**縣太君、郡太君**：《宋史》〈職官志〉：「宋建隆（按：太祖年號）三年，詔定文武群臣母妻封號，母封國太夫人、郡太夫人、郡太君、縣太君，視階爵爲次。」又曰：「郎中、京府少尹、縣令等，母封縣太君。侍郎、翰林學士、龍圖閣直學士、給事中、諫議大夫等，母封郡太君。」按：福昌縣、樂安三郡，均與實際地方無關，今不釋。

㉞**修貶夷陵**：夷陵，在今湖北宜昌縣境。仁宗景祐三年，范仲淹言事，忤宰相，貶知饒州。修貽書司諫高若訥，切責之。若訥以其書上聞，修坐貶峽州夷陵縣令。

㉟**修始得祿而養**：仁宗天聖八年庚午，修年二十四，成進士；授將仕郎，試秘書省校書郎，充南京留守推官。距其父歿二十年矣。

㊱**直學士**：官名。宋制：學士資淺者，爲直院，名曰直學士。

㊲**郎中**：官名。隋唐以後，六部皆置郎中，爲諸司之長。

㊳**南京**：宋眞宗改宋州爲應天府，建爲南京，今河南商丘縣。

㊴**入副樞密**：入京爲樞密院副使，掌武事。

㊵**參政事**：仁宗嘉祐六年八月，修轉戶部侍郎參知政事。按：參政事，即爲中書省參知政事，宰相之副貳也。

㊶**登二府**：登，升也。宋制以中書省與樞密院，分掌文武二柄，時號二府。

㊷**褒**：褒揚，褒獎。

㊸**嘉祐**：仁宗年號。

㊹**寵錫**：寵賜。錫，賜也。

㊺**皇曾祖府君**：名郴。

㊻**金紫光祿大夫**：金紫，金印紫綬也。《宋史》〈職官志〉：「金紫光祿大夫，爲正二品。」

㊼**太師、中書令**：均官名。太師，三公中之最尊者。中書令，中書省長官。魏晉以來，皆爲要職，宋代以爲榮封銜。

㊽**皇祖府君**：名偃。

㊾**尚書令**：官名。在漢，秩位甚卑，唐時爲眞宰相；宋以爲贈官（按：賜死者官爵謂之贈官），不實授。

㊿**今上初郊**：帝制時代，稱當代之君曰今上，猶言當今皇上也。此指宋神宗。郊，祭天也。神宗熙寧元年十一月，即位後初行郊祀之禮，故推恩封贈群臣。

(51)**崇國公**：宋制：列爵十二，國公居第四位。

㊾**褒大**：猶言褒揚。

㊿**三朝**：仁宗、英宗、神宗三朝。

(51)**其來有自**：來，至也。自，由也，從也。來，謂「幸全大節，不辱其先」之果；自，謂「皇考之遺訓，太夫人之所以教」之因。有此原因而後能收此效果，故曰「其來有自」。

【作者】

歐陽修，見本書第247頁〈醉翁亭記〉作者簡介。

【題解】

本篇為記敘文，屬於碑誌類。文分六段：第一段，敘父葬六十年，乃克為表，由於有所待之故。第二段，敘太夫人教訓，力言父廉孝仁厚，必當有後，故決心待己成立。第三段，敘父之歷官享年葬地。第四段，敘母之世族德行及榮封年壽。第五段，敘三代祖先備受朝廷寵錫褒顯。第六段，說明己之成就，由於父母遺教，以證為善必報之眞理，點出作表之本意。此下有「熙寧三年……修表」八十八字，中敘賜號官職封爵食邑，今節去。

按：廉孝仁厚，爲善良之德行；而行善者必獲報，乃不磨之眞理。故歐公之父，知其子必可有成；而其母亦篤信其父必將有後，因寄無窮之希望以待其子之成立；歐公感念遺教，亦砥行立名，求有建樹，以無負其親之期待。蓋撫孤教子之辛勤，畫荻學書之努力，皆寄託於此一期待中。於是積累世百年之辛勤血淚，交織於所期待之希望，以完成此爲善必報之眞理；然後瀝血陳辭，寫出此一古今有數之至文，此其所以有待而非緩也。

【翻譯】

唉！先父崇國公擇地安葬在瀧岡之後的六十年，兒子修才能夠在墓道上立表。並不是我膽敢拖延，而是有所等待啊！

修不幸，生下來四歲就失去了父親。母親立志守節，居家窮困，全靠自己維持衣食的溫飽，來扶養我、教育我，使我得以長大成人。母親告訴我：「你父親爲官清廉，卻喜歡救助貧困，又喜歡接待賓客；他的薪俸雖少，常不讓它有剩餘，他說：『不要讓錢財成爲我的負擔。』所以當他去世時，沒有留下一間房舍、一點田產，讓我們能夠賴以維生；我依靠什麼來守節呢？我對你父親有所瞭解，因而把希望寄託在你身上。從我成爲歐陽家的媳婦，沒趕上侍奉婆婆；但我知道你父親很孝敬父母。你自幼失去父親，我不能斷定你將來有成就，但我知道你父親一定後繼有人。我剛出嫁時，你父親服完母喪剛滿一年，逢年過節祭拜的時候，就一定會流著眼淚說：『祭拜的物品這麼豐盛，還不如生前微薄的奉養。』偶爾吃些好酒好菜，就又哭著說：『從前娘在時常常不夠用，如今富足有餘，又無法讓她嚐到。』剛開始我遇到這種情形，還以爲是剛過喪期才這樣。後來卻經常如此，直到去世。我雖然沒來得及侍奉婆婆，可從這一點能看出你父親能孝敬父母。你父親做官，曾經在夜裏點著蠟燭看卷宗，他多次停下來嘆息。我問他，他就說：『這是一個判了死罪的案子，我想爲他求得一條生路卻辦不到。』我說：『生路可以求得到嗎？』他說：『爲犯人找生路找不到，那麼死者和我都沒遺憾，更何況生路有時候找得到呢？正因爲有得到赦免的，才明白不認眞推求而被處死的人可能有遺憾啊！經常爲死囚求生路，還不免錯殺；偏偏世上總有人想置犯人於死地呢！』回頭看到奶娘抱著你站在旁邊，於是指著你嘆氣說：『算命的說我在成年就會死，假使他的話應驗了，我就看不見兒子長大成人了，將來你要把我的話告訴他。』他也常常用這些話教育其他晚輩，我聽慣了所以記得很清楚。他在外面怎麼樣我不清楚；但他在家裏從不裝腔作勢。他行事厚道是發自內心的啊！唉！他眞是居心仁厚的人啊！這就是我知道你父親一定有好後代的理由啊！你一定要努力啊！奉養父母不一定要很豐盛，只要求有孝心；恩澤雖然不能普及萬民，只要存心仁厚。我沒什麼可教你的，這些都是你父親的心願啊！」我流著淚記下這些教誨，不敢忘記。

先父年幼喪父，努力讀書。咸平三年考中進士，曾任道州判官，泗、綿二州推官，又做過泰州判官，享年五十九歲，葬在沙溪的瀧岡。

先母姓鄭，她的父親名叫德儀，世世代代都是江南望族。先母爲人恭敬、節儉、仁愛而有禮貌，先是被封贈爲福昌縣太君，後來進封樂安，安康、彭城三郡太君。從家中貧寒的時候開始，她就以節儉的方式治理家庭，過後也不讓生活超過當年。她說：「我兒子無法勉強迎合世人，保持節儉可以應付居處患難的日子。」後來我被貶在夷陵，先母談笑自如，她說：「歐陽家中本是貧寒的，我早已習慣這樣的日子了。你能夠過得安適，我也就安適了。」從先父死後算起二十年，我才得到官祿而能奉養母親。又過了十二年，回到朝中任官，才能夠得到皇帝封官贈給我的尊親。又過了十年，我擔任龍圖閣直學士，尚書吏部郎中，留守南京，先母因爲疾病在官舍中去世，享年七十二歲。

又過了八年，我以平庸之才當上樞密副使，參與國家大政，又過了七年，罷官。自從登上樞密院、中書省兩府，皇上推廣恩德，表揚我的上三代。從嘉祐年間以來，每逢國家重大慶典，一定會給予恩賜封賞。先曾祖父連續追贈到金紫光祿大夫、太師、中書令；先曾祖母連續加封到楚國太夫人。先祖父連續追贈到金紫光祿大夫、太師、中書令兼尚書令；先祖母連續加封到吳國太夫人。先父崇國公連續追贈到金紫光祿大夫、太師、中書令兼尚書令；先母連續加封到越國太夫人。當今皇上第一天舉行祭天大典時，先父被賜爲崇國公，先母進封魏國太夫人。

於是我流著淚說：「唉！行善沒有不得到善報的，只不過時間早晚的不同罷了，這是不變的常理。我的祖先累積善行成就美德，本應享受豐厚的封贈。雖然不能親身領受，可是身後的彰顯、榮寵、表揚，光大，享有連續三朝的追贈，這就足夠表現於後代，進而庇佑子孫了！」於是羅列家世系譜，詳細地刻在墓碑上，並且把先父崇國公的遺訓，也就是先母用來教誨我，而對我有所期待的內容，一併刻在墓碑上。讓大家都知道我歐陽修雖然道德淺薄、才能低劣，只是恰逢時機，竊佔高位，卻能僥倖保全操守，沒有辱沒先人，這一切都是有原因啊！

文言文基本讀本(上冊)

編 著 者/孫文學校
出 版 者/孫文學校
發 行 人/張亞中
總 校 閱/李素真
執行編輯/閻富萍

地　　址/台北市萬芳路 60-19 號 6 樓
電　　話/(02)26647780
傳　　真/(02)26647633
E-mail/service@ycrc.com.tw
網　　址/www.ycrc.com.tw

ISBN/978-986-97019-7-6
初版一刷/2020 年 2 月
定　　價/新台幣 280 元

國家圖書館出版品預行編目（CIP）資料

文言文基本讀本 / 孫文學校編著. -- 初版. --
臺北市 : 孫文學校, 2020.02
冊 ; 公分

ISBN 978-986-97019-7-6 (上冊 : 平裝). --
ISBN 978-986-97019-8-3 (下冊 : 平裝)

1.文言文 2.讀本

802.82 108018263